오늘도 밖에는
한 발짝도 나가지 않았지만

옮긴이 백운숙

수능 공부가 싫어서 외국 소설책에 한눈을 팔았는데, 번역가가 세상에서 제일 멋져 보였다. 경희대학교에서 한국어학과 일본어학을 전공하면서 잠시 도쿄에서 지냈고, 한국으로 돌아와 일본계 회사에서 직장 생활을 했다. 지금은 바른번역에서 전문 번역가로 활동하며 좋은 책을 소개하는 데 힘쓰고 있다. 독자에게 기쁨을 줄 책이 탄생하는 데 손을 보태고 있는 지금이 행복하다. 《그럼에도 왜 사느냐 묻는다면》《나를 아끼는 정성스러운 생활》《취향을 담은 라이프스타일 레시피》《말투 때문에 말투 덕분에》 외 여러 책을 한국어로 옮겼다.

KYO MO IPPO MO SOTO NI DENAKATTA KEDO II ICHINICHI DATTA.
KINISHISUGI SAN GA JIBUNJIKU O TSUKURU MADE
©naonyan 2023
First published in Japan in 2023 by KADOKAWA CORPORATION, Tokyo.
Korean translation rights arranged with KADOKAWA CORPORATION, Tokyo
through Danny Hong Agency.

예민한 나에게 필요한 반경 5m의 행복

오늘도 밖에는
한 발짝도 나가지 않았지만

미역 글·그림

서사원

시 작 하 며

책도 냈고

일상에도 조금 변화가 생겼어요.

북토크 행사도 열고

그래서 예전보다 마음 편히 살고 있는가 하면…

음…

딱히 그런 것 같지는 않은데…

SNS에 글을 올리면서 마음이 지칠 때도 있고

괜찮은 거니?

부모님께 들켰다….

죄송해요….

비밀에 부쳤던 SNS 계정을 가족에게 들키기도 하고

누가 또 뭐라고 하네….

전과는 다른 버거움을 느낄 때가 많아진 것 같아요.

역시

산다는 건 힘들어….

휴식도
중요해.

지칠 땐
쉬어도
되고

전 안 될 것
같아요~

안 괜찮을 때는
안 괜찮다고
말해도 돼.

바깥
날씨가
아무리
좋아도

집에 있고
싶으면
느긋하게
집에서
쉬자.

이렇게
저 자신을
긍정할 수 있게
된 것도 요즘
들어서예요.

그럼, 이제
시작할게요!

편하게
읽어주세요.

이 책에는
고민이 한결
가벼워지는
생각과
요즘 느낀 것들을
제 나름대로
돌아보며
써봤답니다.

차 례

1장

솔직해질 용기
왜 평생 남들 눈치만 보고 살았을까?

2장

늘 숙제 같은 타인

사실 나는 상처받는 게 싫었어

3장

함께 행복하기

내 두 팔이 닿는 사람들에게 행복을 주고 싶어

4장

내 인생을 받아들이는 법에 대해

· 등 장 캐 릭 터 ·

【저공비행 토끼】

HSP이면서
의사소통을 어려워하는
나오냥의 분신.

【멘탈 강자 냥이】

긍정적인 성격으로
토끼의 고민에
귀 기울이는 친구.

【댕댕 선생】

정신건강의학과
마스다 유스케 선생님.

왜 평생 남들 눈치만 보고
살았을까?

신세 지는 걸
너무 미안해하지 않기

매년 4월 무렵이면 신입사원들에게서 고민 상담 DM이 온다. 그 중에는 '큰 실수를 해서 직장 상사를 번거롭게 만들었어요. 출근하기가 두려워요' 같은 고민이 정말 많은데, 실수담은 제각각이지만 남에게 신세 지고서 전전긍긍한다는 점만은 같다. 나 역시 그랬다.

하지만 오래 일을 하면서 깨달은 점은, 내가 '번거롭게' 만들었다고 느끼더라도 사실 상대방은 별로 '안 번거로울' 수 있다는 거다. 어쩌면 한때 자기도 저질렀던 실수였을 수도 있다. 굳이 말하지 않을 뿐이지 알고 보면 과거에 그보다 심한 실수를 저지른 상사도 많을 터.

누구나 처음에는 실수하기 마련이니, 실수한 뒤 위축되기보다는 있는 그대로 보고하면 오히려 정직하다는 이미지를 줄 수도 있다.

우리는 어릴 적부터 남들에게 피해를 주면 안 된다는 말을 들으며 자랐다. 그렇다고 자신에게 엄격하기만 하면 되는 걸까. 누구나 많든 적든 서로 신세 지며 사는 거고, 그럴 때 화내는 사람이 속 좁은 거라는 생각도 든다. 조마조마하며 지내기보다 서로 받아들이고 부족한 점을 메워주는 게 좀 더 살기 좋은 세상 아닐까.

매일매일이 지루한 상사에게는
어쩌다 실수하는 부하 직원이 풋풋해 보이기도 해요.
'이걸 모르네~♪' 하고 말이죠.

맞지 않는 일을
그만둘 용기

'고생 끝에 낙이 온다' '낙숫물이 바위를 뚫는다'란 말이 있지만, 해를 거듭할수록 나는 이런 말이 영 별로다. 일단 시작한 일은 아무리 힘들어도 참고 진득하게 하는 게 좋다는 고정관념이 우리 사회에 깊이 자리 잡은 것 같다. 하지만 나와 맞지 않는 일은 그만두는 편이 더 낫다고 생각한다.

나는 입사 1년 차에 우울증으로 고생하다 휴직했다. 마음 한편으로 한계를 느꼈지만, 이런 괴로운 환경마저 견뎌내야 한다고 생각했다. 하지만 복직한 뒤에도 역시나 안 맞는 환경은 안 맞았고, 인간관계는 벅찼다. 결국은 마음의 병이 심해져 회사를 그만둬야 하는 지경에 이르렀다. 나와는 안 맞는다는 사실을 조금 더 빨리 받아들였다면 두 번이나 휴직하여 마음 고생 할 일도 없었을 거라고, 이제 와서야 생각해본다.

'나랑 안 맞아' '그만두고 싶어'라는 마음의 소리를 못 들은 척 무시하면 결국 언젠가 한계가 오기 마련이다. 간혹 과도한 업무에 시달리다 스스로 세상을 등진 이의 뉴스를 볼 때면 남 일 같지 않아 마음이 아리다.

직장은 하나만 있는 게 아니다. 물론 한곳에서 오래 근무하는 건 멋진 일이지만, 나와 맞지 않는다는 생각이 들면 망설임 없이 홀가분하게 발을 뗄 수 있는 사람이고 싶다.

이직이 당연한 시대가 되었습니다.
지금은 아니어도 내년엔 다른 곳에 있을지도 모르죠.

꾸준히 한다는 건
멋진 일이지만…

망설임 없이 벗어날
용기를 내는 것도 멋져.

가까이 보면 실패,
멀리서 보면 해결

일러스트 일을 의뢰받아 작업할 때였다. 가이드라인을 제대로 숙지하지 못한 탓에 표기를 틀려 클라이언트에게 몇 번이나 다시 고쳐 보내는 일이 있었다. 여차저차 납기는 맞췄지만 나의 부주의로 클라이언트를 번거롭게 하다 보니 '아, 망했다…' 하고 자괴감이 들었다.

울적한 기분을 견디다 못해 친구에게 하소연을 늘어놓았다. 그랬더니 친구는 자신의 경험담을 들려주었다. 친구가 일을 하다가 큰 실수를 해 자책하고 있을 때 동료가 이런 말을 해주었다는 거다. "그건 실패가 아냐. 생각해봐. 결국은 해결됐잖아? 문제가 있었지만 사과하고 고쳐서 결과적으로 해결되었으니 실패가 아니라 성공이지."

맞는 말이라는 생각이 들었다. 어디를 바라보느냐에 따라 달라진다. 실수한 순간에 초점을 맞추면 '실패'지만, 일이 다 끝난 순간에 초점을 맞추면 '성공'이다. 이러나저러나 결과가 매한가지라면, 스스로를 괴롭히기보다는 결과적으로 잘 끝마쳐서 다행이라고 생각하는 게 더 낫지 않을까? 물론 실수를 짚고 넘어갈 필요는 있다. 하지만 어디에 무게를 두느냐에 따라 결과적으로 행복도 되고 불행도 될 수 있는 거라면, 기왕이면 나에게 좋은 쪽으로 생각하며 살고 싶다.

시행착오를 거치는
과정도 중요합니다.

다양한 곳에
다양한 나로 살기

대학교 졸업과 동시에 입사한 직장을 그만둔 뒤 그림책 일을 시작했다. 솔직히 말하면 책이 잘 팔리는 것도 아니고 시장 규모도 워낙 작다 보니 작업은 가뭄에 콩 나듯이 들어왔다. 내겐 이 길뿐이라는 생각으로 회사를 그만뒀으나, 달리 뭘 하면 좋을지 몰라서 시간을 쓰레기통에 구겨 버리다시피 하며 하루하루를 보냈다.

그러다가 '나오냥'이라는 이름으로 트위터(현 X)를 시작했는데, 얼마 지나지 않아 일러스트 작업 의뢰가 속속 들어왔다. 그전까지 내가 할 수 있는 건 오로지 그림책 작업뿐이라고 생각했는데, 나에게 맞는 일인지는 직접 해보기 전까진 알 수 없는 일이었다. 돌이켜보면 SNS를 조금 더 일찌감치 시작해볼 걸 그랬다.

특히 일이 생각처럼 풀리지 않아 답답할 때는 그것에만 매달리지 말고 새로운 걸 시도해보자. 예상치 못한 곳에서 뜻밖의 돌파구를 만날 수 있다. 내가 뿌리 내릴 수 있는 공간을 많이 만들어두는 것도 좋다. SNS 공간이든, 커뮤니티 활동이든 다양한 곳에 여러 개의 자아를 만들어두는 거다. 정말 멋지지 않은가.

얼마든지 새로 시작할 수 있다. 실제 세상만이 '현실'은 아니다. 내가 뿌리내릴 곳은 무궁무진하다. 한곳에 발 묶여 괴로워하기보다는 다양한 '나'를 좀 더 자유롭게 오가고 싶다.

정체성이 여러 개면
마음도 건강해요.

마음 계정 | 나오냥 이라는 나도 있고

또 다른 계정 | 그림책 작가인 나도 있지.

그림책

고양이 전용 계정 →

고양이 집사인 나도 있고

최애 덕질 계정 ←

K-POP에 푹 빠진 나도 있어.

모두 다 '나'

'나'는 이렇게 다양하니

내가 있을 곳은 많을수록 좋아.

실수는 누구나 해,
받아들이는 게 다를 뿐

예전에 다녔던 회사에서 크게 사고 친 선배가 있었다. 중요한 회사 내부 정보를 거래처에 팩스로 보내는 바람에 거래처가 노발대발했던, 돌이켜봐도 어마어마한 사고였다.

사내에서는 긴급 임원 회의가 열렸고, 선배는 호되게 한 소리 들었다. 늘 밝고 책임감이 강한 선배가 이번 일로 크게 자책해 당장 내일부터 회사에 안 나오는 건 아닐지 우려스러웠다.

다음 날, 선배는 예상을 깨고 여느 때와 다름없이 출근했다. 심지어 늘 그랬듯 담담하게 일을 하는 게 아닌가. 부장님은 아직도 언짢은 기색이 역력한데 말이다. 뉘우치는 척이라도 해야 하는 거 아닌가? 내가 다 조마조마했다.

하지만 시간이 흐르면서 선배는 대형 사고를 치고도 눈 하나 깜짝하지 않는 강한 멘탈의 소유자로 도리어 동료들에게 좋은 평판을 얻었다. '저 멘탈 본받고 싶네' 하고 부러워하는 이들도 있었다. 이런 일도 있을 수 있다니, 놀랍기까지 했다.

실수를 하면 싫은 소리를 들을 수밖에 없다. 하지만 그럴 때일수록 의연하게 지내려고 노력해보자. 쉽지 않은 일이지만, 그래도 진득하게 기다리면 시간이 내 편이 되어주기도 한다.

사고 쳤을 때야말로 담담하게….
'나는 로봇이다' 하면서 시간이 흐르길
기다리다 보면 길이 열릴 거예요.

이렇게 싸늘한
분위기에서도
굴하지 않는
모습이 대단해….

여름 개그쇼 라이브

온 가족이 보는 개그쇼에서
지루한 만담을 최선을 다해
선보이는 두 사람

그 뒤로
썰렁한
분위기에도
굴하지 않는
사람들이
멋져 보인다.

고——요——

앞으로도 계속
응원할게요…!

꿈이 있어야 한다는
강박

나는 종종 이런 질문을 받는다. "당신은 꿈이 뭔가요?"

솔직히 나에겐 꿈이 없다. 하루하루가 무탈하고, 가족도 건강하고, 기왕이면 맛있는 빵도 먹을 수 있으면 충분히 행복할 것 같다. 굳이 말하자면 이런 나날을 보내는 게 내 꿈이다. 그런데 막상 이게 꿈이라고 대답하자니 좀 망설여지기도 한다.

꿈을 품는 건 멋진 일이다. 꿈이 크면 클수록 사람들이 좋게 봐주는 것 같기도 하다. 그래서인지 꿈이 없으면 안 될 것 같아서, 꿈을 찾아야겠다고 마음만 바빴던 시기도 있었다. 많은 사람이 꿈이 있어야 한다는 속박에 시달린다. 그럴싸한 목표나 이상이 없는 사람은 막연한 불안감과 초조함을 느끼기도 한다.

꿈을 갖는 걸 근사하게 여기는 이유는 뭘까? 꿈이라는 이상적인 목표를 품어야 인생을 더욱 뜻깊게 살 수 있을 거라는 믿음 때문이지 않을까. 그런 꿈을 추구하는 삶도 멋지다. 하지만 모두에게 그런 삶을 강요할 수는 없다. 누구나 자기만의 가치와 기준으로 살면 그만이다.

꿈은 없지만 평안하게 보내는 일상에서 행복을 느끼는 사람도 있다. 그런 하루하루가 쌓이는 게 산다는 것 아닐까. 꿈을 갖는다면, 삶 속에서 자연스럽게 발견하고 싶다.

작은 목표만 있어도 충분해요.
• 매일 30분씩 산책하기
• 5년 안에 해외여행 가기 등

나와 맞지 않는 일을 깨닫는 것도
값진 수확

그림책 작가 친구가 운영하는 그림책 소개 유튜브 채널에 출연한 적이 있다. 유튜브가 한창 주목받던 시기여서 도전해본다는 생각으로 출연 제의를 받아들였다.

결론부터 말하자면 영 별로였다. 얘기할 내용은 미리 연습해둔 터라 촬영은 어떻게든 끝마쳤는데, 친구에게 확인용 영상을 받고 나니 창피함이 밀려들었다. 내가 감히 그림책에 대해 이러쿵저러쿵 얘기했다는 생각에 등골이 서늘했다. 선뜻 재생 버튼을 누르지 못했다.

'이제 슬슬 업로드할 거라 확인 부탁해'라고 몇 번이나 친구에게 연락이 왔지만 답을 못 했고, 결국은 1초도 재생해보지 못한 채 오케이 답장을 보냈다. 솔직히 말하면 아직도 영상을 못 봤다. 유튜브는 나랑 영 맞지 않아 속상했지만, 앞으로 유튜브에 출연할지 말지 고민하는 일은 없을 거다. 그렇게 생각하니 마음이 편했다.

나와 맞지 않는 일을 발견하는 경험은 그 자체만으로도 값지다. 내가 할 수 있는 일의 범위를 정확히 알게 되기 때문이다. 내가 더 잘하고 좋아하는 일에 에너지를 쏟고, 맞지 않는 일에는 명확히 선을 긋는 게 좋다. 선을 긋는 것도 나 자신을 지키기 위한 방법이다. 재능이 없는 곳에서 괜히 상처받지 말자.

사람들은 분업을 합니다. 나와 안 맞는 일도
다른 누군가에게는 잘 맞은 일이기 마련이지요.
그러니 서로 도우며 함께 일하면 돼요.

오예

나랑 안 맞아!

나랑은 안 맞음을 깨달으면 좋은 점이 또 있어요.

편하게 돈 벌고 좋겠네~

정말로 이렇게 생각했음.

유튜버가 하는 일은 별거 없다고 생각했는데…

이걸 매일같이 한다니 대단해….

히익

내가 직접 나가보니 얼마나 어려운지를 새삼 깨달았다.

낮잠이 잘 맞아~

안 맞는단 사실을 깨달아서 다행이야.

한 분야에서 활약하는 분들을 있는 그대로 존중하게 되었다.

과도하게
사과하지 않을 것

실수라도 하면 남이 날 어떻게 생각할지 걱정스러워 좌불안석이 되고는 했다. 화가 나진 않았을지, 나 때문에 난처해진 건 아닐지 부정적인 생각이 뻗어나가다가 상대의 말은 들어보지도 않고 과하게 사과하기도 했다.

　그런데 사실 그렇게까지 고개 숙이지 않아도 되고, 불필요하게 사과하지 않아도 의외로 잘 풀릴 수 있다.

'죄송합니다' 대신 '고맙습니다'

　이 얘기는 몇 년 전 여름, 아는 작가님과 그림책 회의 겸 해서 만났을 때의 일이다. 이날은 8월. 밖에 잠깐 서 있기만 해도 땀이 나고 현기증이 일 만큼 무더운 날이었다. 회의는 작가님의 제안이었고, 회의 당일 일정 역시 작가님이 맡기로 했다.

　작가님은 40세 정도 되는 남성분으로 전에 몇 번 얼굴을 본 적이 있었는데, 볼 때마다 늘 환하게 웃고 계셔서 막연히 좋은 분이라는 이미지를 가지고 있었다. 그래서 그날 역시 별다른 걱정 없이 약속 장소인 역으로 향했다.

　그런데 역에서 만나자마자 작가님이 대뜸 이렇게 말했다.

　"그럼, 이제 회의실 대여할게요."

　앗? 예약해두지 않았다니. 당일에, 심지어 바로 쓸 수 있는 회의실이 있을까 싶어 불안했다. 아니나 다를까, 빈 곳이 없었다.

결국 인터넷을 검색해 간신히 두 정거장 떨어진 곳에 회의실을 찾았다. 솔직히 덥고 귀찮았지만 이제 와서 안 가기도 죄송스러워 지하철에 올랐다. 마침내 회의실 앞에 이르러 이제 좀 시원한 바람을 쐬겠구나 했는데, 작가님이 "어? 열쇠 어딨지…"라는 게 아닌가. 회의실 열쇠를 어디에서 찾아야 하는지 미리 확인하지 않은 모양이었다. '이렇게 덤벙거릴 수가…'라는 생각도 들고 날도 더워 내심 조바심이 일었다. 내가 작가님 처지였으면 죄송스러운 마음에 몇 번이고 머리를 숙여 사과했을 거다. 반면 작가님은 "아임 쏘리!"라고 말하며 방긋 웃었다. 세상에…. 나는 두 손 두 발 다 들고 말았다.

우여곡절 끝에 열쇠를 찾아서 회의를 마친 뒤에는 "오늘 의견을 나눌 수 있어서 좋았습니다. 감사해요~!" 하고 해맑은 인사를 건네고 돌아갔다. 정말이지 독특한 분이라고 생각했다.

집에 오는 길에 해맑게 손 흔들던 작가님의 얼굴을 떠올리면서, 어쩌면 저런 태도도 나쁘지 않겠다는 생각이 들었다. 실수하면 사과하는 건 당연하다. 그렇지만 지나치게 사과하면 역효과가 날 수도 있다. 말이란 건 신기하다. 누군가가 '아, 덥다' 하고 말하면 지금껏 의식하지 않았어도 점점 덥게 느껴지듯이, 별것 아니라고 생각했던 일도 과하게 사과하면 '그렇게 큰 문제였나?' 하고 곱씹어보게 된다. 지금껏 눈에 들어오지 않았던 얼룩이, '사과'라는 이름의 안경을 쓰면 또렷이 보일 수도 있다.

물론 실수하면 당연히 사과하는 게 맞다. 하지만 실수했다는 사실에 지나친 죄책감을 느낀 나머지 과도한 사과로 상대방을 부담스럽게 하기보다는 '함께 해결해주셔서 감사해요!' '덕분에 잘 해결할 수 있었습니다!' 같은 긍정적인 표현으로 산뜻하게 받아넘기면 상대방의 기분도 개운할 것 같다.

　특히 나처럼 HSP 기질이 있는 사람은 안절부절못하고 집요하게 사과하는 경향이 있다. 그렇지만 때로는 과하게 사과하지 않는 태도도 필요한 것 같다.

그렇고말고요!
누구나 실수할 수 있으니까요….

내 존재감이
공기 같을 때

회사 다닐 적엔 의사소통이 어려워 남들과 잘 어울리지 못했다. 특히 스몰토크가 무척 어려웠다.

동료들이 떠들썩하게 얘기할 때 나 혼자만 끼지 못하면 왠지 모르게 초조하고 불안했다. 그래서 억지로 대화에 끼어보려다가 분위기에 찬물을 끼얹고 마는 쓰린 경험을 자주 했다. 이런 작은 해프닝이 하루가 멀다 하고 이어지니 제법 큰 스트레스였다.

지금 와서 생각해보면 업무 외의 일로 왜 그렇게 스트레스를 받았나 싶다. 돈 벌러 온 직장에서 애당초 사람들과 사이좋게 지내야 할 의무는 없다. 물론 '대화도 업무의 일환'이라는 말처럼 소소한 대화를 나누다 보면 깊은 커뮤니케이션으로 이어질 수도 있다. 하지만 나처럼 의사소통하는 게 불편하다면 남과 억지로 얘기할 필요는 없지 않을까.

중요한 건 매일매일의 업무를 해나가는 것. 친구 만들러 출근하는 건 아니니까, 대화에 끼지 못한들 신경 쓸 필요 없다. 남들이 이야기꽃으로 시끌벅적할 때 묵묵히 일을 끝내고 홀가분하게 집에 가는 게 낫다.

직장에서의 존재감은 가끔 공기와 같아도 괜찮다. 초연한 사람이 멋지다.

일은 일. '어차피 직장은 언젠가 옮길 거고, 지금 친하게 지내봐야 무슨 소용이야?' 때론 이런 마음가짐도 괜찮아요.

잘하지 못하는 건
굳이 애쓰지 않아도 돼

내가 그린 그림책을 낭독하는 행사에 초대된 적이 있다. 그땐 순진무구한 어린이들 앞에서 내 그림책을 읽는다는 게 한없이 부끄러웠다. 한다고는 했는데 과연 내가 잘할 수 있을까? 낭독회 직전까지 고민하며 갈팡질팡했다.

그때 스태프 한 분이 이런 말을 해주셨다.

"아이는 어른이 정말로 재미있어하는지 아닌지를 다 안대요. 어른이 불안해하면 아이들도 덩달아 불안해할 거예요."

맞는 말이었다. 나와 맞지 않거나 마지못해 떠안아 한 일은 남에게도 고스란히 전해지기 마련이다. 하물며 어린이에게는 말할 것도 없다. 어린 친구들을 위해서라도 내가 빠지는 게 낫겠다는 생각이 들었다. 그래서 낭독은 전문가에게 부탁드렸다.

이 일 이후로, 나와 맞지 않는 일은 되도록 하지 말아야겠다고 다짐했다. 물론 회사에서 일하다 보면 '못하니까 안 할래요'가 통하지 않을 때가 부지기수다. 그렇지만 정말로 벅차겠다 싶을 때 동료에게 도움을 청하는 건 나쁜 게 아니다. 사람에겐 저마다 맞고 안 맞는 일이 있기 마련이니 서로 메워주면 된다. 그러면 결과적으로 사회 전체가 잘 굴러가게 되지 않을까.

내가 서툰 일은 누군가 잘하는 일.
내가 잘하는 일은 누군가 어려워하는 일.
나누어서 하면 해결되지요.

좋게 생각하자~

덧붙이자면 서툰 게 '개성'이 되기도 하는 것 같아.

사람 얼굴은 참 복잡하단 말이지…. (삐질)

난 사람 그리는 거 안 좋아하니까 (사실 못 그림) ….

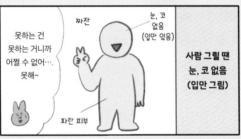

짜잔

눈, 코 없음 (입만 있음)

못하는 건 못하는 거니까 어쩔 수 없어…. 못해~

파란 피부

사람 그릴 땐 눈, 코 없음 (입만 그림)

개성 있어요~

감사합니다!

그래도 그 덕에 내 일러스트를 알아봐주는 분도 늘어서

서툰 건 안 하는 대신 단점을 살리는 게 좋겠단 생각이 들었어.

우울증이
일깨워준 것

돌이켜보면 나는 늘 칭찬을 듣고 싶어 하는 자존심 센 성격이었다.

어릴 적부터 부모님과 선생님에게 칭찬받는 걸 남달리 좋아했고, 자진해서 학급 임원이 되었으며, 흔히 좋다고들 하는 대학교를 나와 모두가 알아주는 회사에 들어갔다. 직장 생활을 하면서는 내가 어떤 말과 행동을 해야 남들이 좋아할지 신경 쓰면서 밝고 활달한 캐릭터를 연기했다. 이런 나의 행동이 도리어 스트레스가 되어 우울증을 부추기는 요인이 되었으니, 스스로도 한심했다.

덕분에 겨우 깨달았다. 난 그저 자존심이 셀 뿐, 못하는 게 참 많은 사람이라는 걸. 쓸데없는 자존심을 세우느라 스스로를 못살게 굴고 있었다는 사실도.

그 뒤로 남들의 평가가 아닌 나의 속마음에 귀 기울이려 노력했다. 남들의 평가에 고집스레 연연했던 나 자신을 그만 놓아주고 싶었다. 그러자 비로소 나에게서 해방되는 기분이 들었다.

물론 우울증에 발목 잡히고 싶지도 않았고, 애초에 우울증을 앓지 않았으면 더할 나위 없이 좋았을 거다. 그렇지만 남의 눈이나 세상의 평가에 흔들리지 않고 마음의 소리에 귀 기울일 수 있다는 건 얼마나 소중한 일인가. 이제 와 생각해보면 우울증이 내게 이런 것들을 일깨워준 것 같다.

마음의 병을 털고 일어나면
도인처럼 삶의 고수가 되는 분들도 있지요.

내일 할 수 있는 건
내일 하면 돼

이따금 눈도 제대로 뜨지 못할 만큼 심한 두통에 시달린다. 가능하면 두통이 잠잠해질 때까지 쉬고 싶지만, 먹고살다 보면 그러기가 쉽지 않다. 더군다나 나는 프리랜서. 업무 속도가 무엇보다 중요한지라 두통약을 최대치로 먹으며 어떻게든 빨리 일을 끝마치려 노력하던 때도 있었다. 하지만 더는 조바심 내지 않기로 했다.

일은 기한 내에 끝내기만 하면 되는데, '좀 더 빨리' '좀 더 많이' 하고 욕심을 내면 끝이 없겠다는 생각이 들었다. 물론 일을 빨리 마칠 수 있으면 좋고, 많이 해봐야 실력도 쌓이기 마련이다. 그런 사람들을 '일잘러'라고 말하는 거겠지. 하지만 맡은 업무를 기한 내에 무사히 끝내는 모습 역시 일잘러라고 여겨도 되지 않을까.

속도를 중요시하는 요즘 사회에서는 일잘러의 기준이 높아져만 가는 것 같다. 세상의 기준에 맞추려다 무리하게 되고, 속도만 좇다가 실수를 범하기도 한다.

내일 할 수 있는 건 내일 하면 된다. 조바심 내며 서두르기보다는, 정해진 일정 안에 끝내면 만사 오케이라고 생각하기로 했다.

업무 관리와 컨디션 관리를
힘들어하는 분들은 노트와
다이어리를 활용해보세요!

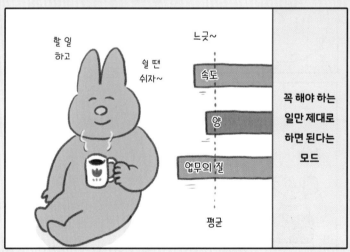

나를 부정하는 게 아니야

그렇다고 자책할 필요는 없잖아…??

당연한 말이지만

작품이 재미없다는 거지, 내가 그렇다는 건 아니잖아….

그런데 의외로 혼동하기 쉽단 말이죠….

그런 말은 좀 조심해야 되지 않겠어??

이건 평소 일할 때도 마찬가지다.

사소한 업무 지적에도

내가 부정당했다는 생각에 자괴감이 든다.

내가 문제란 말이야!?

내가 그렇게

으아아~

~~ 으앙 으앙

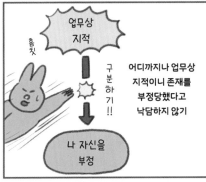

업무상 지적

흠칫

구분하기!!

어디까지나 업무상 지적이니 존재를 부정당했다고 낙담하지 않기

나 자신을 부정

그래도 칭찬받으면 좋지~

나 자신을 부정하지 않기 위해 늘 의식하는 습관을 들여야겠어요.

자신의 답을 찾는 과정이
중요해요

안녕하세요. 와세다멘탈클리닉 원장 마스다 유스케라고 합니다. 저는 평소에 제 병원에서 아침부터 저녁까지 외래 진료를 봅니다. 틈틈이 유튜브 촬영을 하고, 온라인으로 환자들이나 환자 가족들과 모임을 열기도 합니다.

예전에 종말기 진료를 담당할 때였어요. 죽음을 이야기하는 환자들을 접하면서 마음이 적잖이 지쳐 있었지요. 선배 의사에게 조언을 구하니 "그건 네가 죽음에 대해 곱씹어본 적이 없어서 그래. 다 언젠간 죽어. 그걸 알면 죽음을 앞둔 환자건 아니건 간에 마음 쓸 필요 없지 않겠어?"라는 거예요. 당시엔 이게 무슨 말도 안 되는 소리인가 싶었는데, 그 말이 왠지 모르게 마음에 남아 여러 번 되새겨보았습니다. 그 뒤로 진료가 한결 수월해졌어요.

나오냥 님의 글 하나하나를 함께 곱씹으며 자기 나름의 답을 찾다 보면 마음이 한결 편해질 거예요. 그럼 여러분, 계속해서 함께 읽어봅시다.

2장 늘 숙제 같은 타인

사실 나는 상처받는 게
싫었어

남의 말은 한 귀로
흘려듣는 자세

어릴 적부터 나는 남의 말에 잘 귀 기울이는 아이였다.

부모님과 선생님에게 남의 말을 귀담아들어야 한다고 배웠고, 쓰라린 실패를 맛본 연예인이 뉴스나 방송에 출연해 '그때, 주변 사람들 말에 귀 기울였더라면…' 하고 후회하는 모습을 볼 때마다 역시 남이 해주는 말은 새겨들어야 한다며 반면교사로 삼았다.

평소에 남의 말을 귀담아듣다 보면 사람 좋고 말도 잘 통한다며 주위에서 좋게 봐주기도 한다. 경험에서 우러나오는 윗사람의 조언을 귀담아들어서 나쁠 것도 없다.

그런데 요즘 들어 깨달은 점이 있다. 남의 말에 너무 귀 기울이다가, 일이 꼬여버리거나 안 좋게 끝나는 경우도 제법 많다는 거다.

나는 '나오냥'이라는 트위터 계정을 만들고서 주변에 알리지 않았다. 당시 내 주변엔 SNS를 긍정적으로 보는 사람이 없었던 데다, 사소한 일을 신경 쓰며 전전긍긍하는 나에게 공감하는 사람이 얼마나 될지도 알 수 없었다. 주로 그림책 일을 할 때여서 그림책을 그리는 어른이 울적한 이야기를 올렸다가 아이들에게 안 좋은 영향을 줄 수도 있고, 그림책 판매량이 떨어지진 않을까 염려도 되어 더욱 드러내지 못했다.

코로나바이러스 확산세가 심상치 않아 긴급사태가 선언되었을 때 앞으로 어떻게 될지 한 치 앞을 알 수 없는 불안 속에서 우울감과 고민을 털어낼 곳이 필요했다. 그래서 처음엔 남몰래 비밀 계정으로 SNS를 시작했다. 이렇게 시작한 계정이 나와 성격이 비슷한 분들, 비슷한 고민을 안고 있는 분들과 이어지는 든든한 연결 고리가 되어주었다.

가뭄에 콩 나듯이 들어오던 그림 작업 의뢰도 점차 늘었으니, 그때 조용히 SNS를 시작한 건 정말이지 잘한 일이었다.

주변의 말보다 내 직감을 소중히

가까운 이들에게 조언을 구했다면, 안 하는 게 낫지 않겠냐고 하는 말에 SNS를 시작조차 안 했을지도 모른다. 자신감이 없고 팔랑귀인 내 성격을 감안하면 불을 보듯 뻔하다.

그러고 보니 그림책 스토리를 쓰면서 주변에서 하는 말에 귀 기울이다가 그만 이야기가 산으로 가 작품을 완성하지 못한 적도 있다. 의견 하나하나는 고맙지만, 모든 의견을 진지하게 듣다 보니 처음에 그리려던 이야기에서 점점 멀어졌다. 내 생각에 확신이 없어서 남의 의견에 기댔다가 맛본 씁쓸한 경험이었다.

HSP 성향이 있는 사람은 공감 능력이 뛰어나 주위의 말을 쉽게 수용하는 경향이 있다. 나는 'A'라고 생각하지만 주변에서 'B'라고 하니 덩달아 'B'를 택한다. 내 모습과 속마음을 못 본 척하며 선택을 얼버무린다. 그러다 보면 나조차도 진짜 내 마음이 헷갈린다.

그런데 이런 HSP는 직감 역시 뛰어나다. 상상력이 풍부해 기발한 아이디어를 잘 떠올린다. 그러니 때로는 주변에서 하는 말은 한 귀로 흘려듣고, 설령 듣더라도 진지하게 받아들이지는 말자. 나의 직감과 기분을 우선으로 여겨야 나다운 성과를 낼 수 있으니까.

낮은 자존감이
타인에게는 불안감으로

솔직히 나는 자존감이 높은 편은 아니다.

아니, 실은 터무니없이 낮다. 늘 내 생각에 자신이 없고 확신이 서지 않아 주변의 눈치를 살피느라 바쁘다.

바라던 무언가가 이루어지더라도 기쁨은 잠시, 이내 '어차피 나 같은 건…' '그 사람에 비하면 별거 아닌걸…' 하고 나를 부정하는 말이 머릿속에 떠오른다. 그러면 이런 내 모습이 지긋지긋해 자괴감이 찾아든다. 자존감 높은 사람들처럼 내 모습을 있는 그대로 받아들이고 인정하는 게 힘들다.

늘 무언가가 모자란 것 같았고, 그런 자신을 탓했다. 어딘가 결여된 것 같은 불안감은 어릴 적부터 늘 나를 따라다닌 오래되고 익숙한 감정이었다.

자존감이 낮아 생기는 불안감은 사람들을 만날 때도 어김없이 밀려든다. 대화를 나누면서도 '나랑 얘기하는 게 재밌을까?' '안 지루할까?' 하는 불안한 마음에 상대방 안색을 살핀다. 남의 귀중한 시간을 뺏고 있다는 생각에 미안하기도 하다. 자기혐오가 밀려드는 건 요즘도 마찬가지다. 그런데 불안감에 시달리는 것보다 더 싫은 건 주변 사람들을 불안하게 만드는 거다.

예전에 일하며 알게 된 편집자님과 저녁 식사 약속을 앞두고 있던 날의 일이다. 해 질 무렵 갑자기 비가 쏟아지더니 먼 하늘에서 번개까지 번쩍이는 게 아닌가. 거칠어진 하늘을 보고 있자니 이런 생각이 슬슬 마음속을 휘저었다. 이렇게 궂은 날씨에 일부러 날 만나러 와준다니. 괜히 번거롭게 하는 게 아닐까? 미안해서 취소를 못하는 게 아닐까? 시시각각 변하는 기상레이더의 움직임을 살피다가 걱정스럽고 미안한 마음에 '오늘 괜찮으시겠어요?' '굳이 안 오셔도 되니까요!?' '아니면 다른 날도 좋아요!' 하고 메신저에 일방적으로 말을 쏟아부었다. 잠시 후 무사히 만난 편집자님이 "그렇게까지 말하셔서 혹시 절 만나기 싫으신가 생각했지 뭐예요…" 하고 사뭇 쓸쓸하게 말하기에 아차 싶었다. 내가 한 행동은 남의 마음을 헤아려보지도 않고서 그저 나의 불안을 상대에게 떠넘기는 행위였다. 말하자면, 상대의 의사표현을 온전히 믿지 못했던 거다.

내가 걱정했던 건 남의 기분이 아닐지도 몰라

학창시절, 예쁘고 인기도 많은 여자 아이와 가까워진 적이 있었다. 날아갈 듯 기뻤지만, 얼마 지나지 않아 그 아이에겐 나 말고도 친구가 많다는 사실을 깨달았다. 그런 아이에게 내가 어울릴 리가 없다고 지레짐작한 나는 어느 날부터 슬글슬금 그 애를 멀리했다. 자존감이 낮은 나머지 나도 모르게 위축되었던 거다.

그때는 그게 최선이라고 생각했는데, 그 애는 어땠을까. 혹시 상처받는 않았을까? 그 애를 위한다고 생각했지만, 정작 나 자신만 신경 쓰고 있었다. 이제 와서지만 너무 미안하다. 지금 돌이켜보면 상처받을까 봐 먼저 도망쳤던 것 같다.

자존감을 높이는 게 쉽지는 않을 것 같다. 오래도록 길러온 부정적인 사고방식을 뜯어고치는 건 결코 만만한 일이 아니니까. 그럼에도 나를 위해서 그리고 소중한 이들을 위해서 조금이라도 바뀌고 싶다.

타인을 너무 배려하려고 고민하기보다
타인의 의사를 있는 그대로 받아들이는 것도
무척 중요해요.

누군가에게는
힘이 되는 한마디

남이 무심코 해준 한마디가 큰 힘이 된 경험, 누구에게나 한 번쯤은 있을 거다.

대학교를 졸업하자마자 들어간 출판사에서 우울증과 적응장애를 앓다가 끝내 퇴사했다. 퇴사하는 날 말을 걸어주는 동료하나 없었다. 동료들의 시선을 피해서 혼자 숨죽이며 책상 위의짐을 종이상자에 담을 때는 정말이지 죽고 싶은 심정이었다. 그동안 감사했다는 인사도 건네지 못한 채 황급히 회사를 빠져나왔다. 예의 있는 행동은 아니었지만, 그날은 그게 최선이었다. 내 나름대로 열심히 일했던 때도 있었다. 그런 지난날이 머릿속을 스치자 '난 대체 뭘 한 거지'라는 생각이 들었다. 북받쳐 오르는 눈물을 꾹 참으며 터벅터벅 집에 돌아왔다.

집에 도착해 문득 휴대전화를 보니 메시지가 하나 와 있었다. 같이 입사한 남자 동기였다. '고생 많았어!'라는 딱 한 문장. 메시지를 보자마자 꾹 참았던 눈물이 터졌다. 마음이 놓였다. 그래도 날 생각해주는 사람이 있구나. 지난날을 보상받은 것 같았고, 나라는 존재가 헛되지만은 않은 것 같았다.

사소한 한마디가 누군가에게는 큰 힘이 되고 든든한 버팀목이 되어주기도 한다. 나 역시 그런 말을 나눌 수 있는 사람이고 싶다.

남을 배려하는 자세와
정중한 태도는 참 중요하지요.
진심은 분명 누군가에게 전해질 겁니다.

오랜만이다~!!

퇴사하던 날
메시지를 보내준
동기와 몇 년 만에
만났다.

그때
그런 메시지
보내줘서
고마웠어!

고맙!!!

그때의 고마움을
전했는데…

내가
그랬다고?

하나도
기억하지 못했다.

금방
잊을 법한
사소한
일이지만

나에게는

그래도
난 못
잊겠는걸
….

소중한
한마디
였다.

미움받는 게
왜 이렇게 두려울까?

가능하면 남에게 미움받지 않고 살고 싶다.

그렇지만 살다 보면 내 맘 같지 않을 때도 있다. 얼마 전 내가 SNS에서 쓰린 소리를 듣고 크게 상심했듯이 말이다.

민감한 성향의 사람이 선뜻 하지 못하는 행동에 대해 트윗을 올린 날이었다. 트윗에 공감해주는 이도 많았지만 부정적인 의견도 만만치 않았다. 역시 사람은 참 다양하다고 생각하면서 타임라인을 보는데 '앗?' 하고 놀랄 만한 내용이 눈에 들어왔다. 평소 호의적으로 교류하던 트친의 트윗이었다. 내 트윗에 달린 부정적인 의견을 인용 리트윗한 거였다. '이게 뭐지?' 하고 조심스럽게 리플을 살펴보니 나에 대한 비방이 넘쳐났다.

더 소름 돋는 건, 트친이 비방 트윗에 답글로 이런 인간은 트위터 안 하는 게 낫다느니, 더는 볼 가치도 없다느니 하며 맞장구치고 있다는 사실이었다. 그야말로 충격이었다. 내가 모르는 곳에서 이렇게 열심히 내 욕을 하는 광경을 보면서 SNS는 역시 무섭다고 생각했다.

어찌나 충격이었던지, 미움받아도 움츠러들지 않을 방법을 내 나름대로 곰곰이 생각해봤다.

(1) 262 법칙 떠올리기

인간관계에 관한 법칙 중 '262 법칙'이라는 게 있다. 10명이 있다고 치면 그중 2명은 어떤 일이 있어도 나를 싫어하고, 반대로 2명은 나를 좋아하고, 좋아하지도 싫어하지도 않는 사람이 6명이라는 인간관계의 비율을 말한다. 즉, 집단에 소속되어 있는 한, 어떤 형태로든 어차피 2명은 나를 싫어한다는 뜻이다. 누가 나를 싫어하는 건 어쩔 수 없는 일이니, 나를 좋아해주는 2명을 더욱 소중히 여기자고 생각한다.

(2) 욕먹으면 구체적으로 뭐가 문제지?

누가 나를 싫어하면 막연히 겁나고 불안하다. 그럴 땐 누군가가 나를 싫어한다고 해서 현실 세계에서 구체적으로 어떤 문제가 생기는지 생각해보자. 내 경우엔 SNS상에서 서로 생각이 다르다고 현실 세계에 어떤 지장이 생기는 것도 아니다. SNS에서 알게 된 사람이 어디에 사는 누구인지도 모르는데, 그런 사람이 뭐라고 한들 별일 아니라는 생각이 들었다.

(3) 진짜로 날 미워하는 걸까?

누군가가 나를 두고 안 좋게 얘기하면 '나를 싫어하나 보네' 하고 움츠러들기 쉽다. 그런데 정말로 나를 싫어할까?

싫은 감정에도 '그러데이션'이 있다는 지인의 말을 듣고 그럴듯하다고 생각했다. 나를 싫어하는 A의 마음을 들여다보면 A가 친해지고 싶어 하는 사람과 내가 어쩌다 보니 사이가 좋아서 질투하는 것일 수도, 반대로 그저 A가 싫어하는 걸 내가 좋아하는 것일 수도 있다. 내가 아니라 내 뒤의 '배경'을 싫어하는 경우도 있다. 싫다는 감정은 이렇게나 폭넓어서 나를 싫어한다고 단정할 수는 없다. 그러고 보면 정말이지 감정이란 얼마나 모호하고 어슴푸레한 것이란 말인가.

　날 싫어한다는 게 무슨 의미인지 곰곰이 생각해보면 그렇게까지 겁낼 필요도 없다.

　그러니 누군가에게 미움받는다는 사실에 한없이 작아질 때는 잠시 멈춰 서서 싫어하는 마음의 의미를 차분히 짚어보기 바란다.

좋은 사람→나를 안 싫어함→사이좋게 지내기.
영 별로인 사람→나를 안 좋아함→거리 두기.
이러면 너무 계산적일까요?

겸손하기만 해도
안 돼

벼는 익을수록 고개를 숙인다는 말이 있듯, 일이 잘 풀려도 우쭐 대지 않는 겸손한 태도는 예로부터 미덕으로 여겨졌다. 나 또한 으쓱하지 말자고, 칭찬받아도 되도록 나 자신을 낮추자고 생각 하며 살았다.

그런데 나는 칭찬을 들으면 지나치게 겸손해진다. 겸손이 지나쳐서 지적을 받은 적도 있다.

아는 작가님이 내 그림책을 다른 분께 소개해주었을 때의 일이다. 좋은 말씀을 해주셔서 당연히 기뻤지만 이내 겸손해야 한다는 생각이 들어 반사적으로 자세를 낮췄다.

"아니에요, 하나도 안 팔려요!"

그 뒤, 작가님이 "아까 같은 상황에서 그런 식으로 얘기하 시면, 뭐랄까…" 하고 난처했음을 돌려 말하기에 아차 싶었다. 내 언행은 겸손한 정도를 넘어서서 상대방의 호의와 배려를 쳐 내는 행동이었다. '감사합니다!' 하고 활짝 웃어넘겼더라면 모 두가 기분 좋았을 것을.

좋은 소리 듣고 싶은 마음은 굴뚝같지만 스스로에게 자신 이 없어서, 막상 칭찬받으면 펄쩍 뛰며 손사래를 친다. 내 성격 도 참 별나지. 좋게 봐주는 분들을 위해서라도 있는 그대로 감사 할 수 있는 사람이고 싶다.

그럼요! 자신감을 가지면
좋은 일이 더 많이 생길 거예요.

자신감
결여

예전엔
누가
내 책을
좋게
말해줘도

아니에요.
별거
아닌데요,
뭐….

하고
겸손을
떨었다.

어쩌면 내 책과
관련된 분들을
깎아내리는
행동이 아닐까….

그러다
문득
이런
생각이
들었다.

출판사
편집자
디자이너
인쇄소

무엇보다 책을
읽어준 독자님들

인연을 맺은
사람이 무척 많다.

칭찬받으면
우선 감사
인사부터
하자.

감사합니다!!

이런 분들을
위해서라도
겸손은
그만 떠는 게
좋겠다는
생각이 들었다.

외면했던 내 마음에
솔직해지기

미용실 가는 걸 몹시 어려워하는 나는 성인이 된 뒤로 같은 미용실을 여러 번 다닌 적이 거의 없다.

　처음 만난 헤어디자이너에게 어두운 성격으로 비치는 게 싫어서 밝게 대화를 나누고 집에 돌아오면 진이 다 빠졌다. 다음에도 오늘처럼 밝은 척 연기해야 한다는 부담감 때문에 차마 같은 미용실에 가지 못하고 몇 번이나 새로운 곳을 전전했다. 그러다가 마침내 다시 오고 싶다는 생각이 드는 디자이너 선생님을 만났다.

　지금으로부터 3년 전, 이번에도 역시 두 번은 없을 거라고 체념하고서 새로운 미용실을 찾았다. 나와 엇비슷한 나이에 미소가 매력적인 여자 선생님이 머리를 잘라주었다. 입담이 좋아 재미있으면서도 차분한 성격이었다. 무엇보다 솜씨가 좋아서 굵고 부스스한 내 머리를 말끔하게 매만졌다.

　집에 돌아와 거울 앞에 서서 윤기 흐르는 머리를 바라보는데 다음에도 이 선생님에게 머리를 자르고 싶은 마음이 샘솟았다. 다음번엔 무슨 이야기를 나누게 될까? 두 번째 만남을 기대하는 마음도 싹텄다. 그렇게 두 번, 세 번 미용실을 다니는 사이에 단골이 되었다. 앞으로도 계속 머리를 맡기고 싶었다.

　이런 단골 미용실에 갑작스레 마지막이 찾아왔다. 올해 초의 일이다. 길다 못해 덥수룩해진 머리를 깔끔하게 다듬기 위해 늘 머리를 해주는 디자이너 선생님을 찾았다. 머리를 일자로 쭉 펴주는 매직 시술을 부탁드렸다. 이미 몇 번 해보았고, 매번 결과도 무척 마음에 들었기에 여느 때와 마찬가지로 시술 후를 기대하고 있었다.

그런데, 망해버렸다. 시술 후 거울에 비친 내 머리를 보고 화들짝 놀랐다. 약이 셌던 건지 온도가 높았던 건지, 완성된 머리는 뿌리가 직각으로 대차게 꺾여 있었고, 앞머리는 너무 상해서 마치 구불거리는 다시마 같았다.

누가 봐도 망했는데… 싫은 소리는 죽어도 못 하겠어

보자마자 '이건 누가 봐도 망했다…' 싶었다. 15만 원이나 들었는데 시술 전보다 엉망이 되었으니 재시술을 받거나 환불받아야 할 수준이었다. 디자이너 선생님도 난처한 얼굴로 내 반응을 기다리는 눈치였다. '망했네요'라고 말하면 디자이너 선생님이 낙담할 테지. 이제 겨우 편해진 사이가 틀어질지도 몰라. "부들부들하네요! 왠지 더 어려 보이는 것 같아요. 감사합니다!"

호들갑스럽게 웃으며 망한 머리를 애써 외면했다. 디자이너 선생님은 잠시 곤란하고 겸연쩍은 표정을 보이더니, 계산할 때 한 번도 준 적 없는 헤어 제품을 건네주셨다. 아, 다 들켰구나. 그냥 솔직하게 말할걸…. 되지도 않는 연기를 한 게 더 창피했다.

'악' 하고 소리치고 싶은 마음을 꾹 참으며 온 힘을 다해 집까지 자전거 페달을 밟았다. 창피함과 죄송함 그리고 한심함이 차올랐다. 이 일이 있은 뒤로 그 미용실에는 다시 가지 못했다.

　　그때 솔직하게 재시술을 부탁했으면 어땠을까. 그랬더라면 모처럼 좋았던 디자이너 선생님과의 관계도 계속 이어갈 수 있었을 텐데. 늘 남의 마음을 먼저 살피느라 정작 내 마음은 외면해버리는 성격이 되레 독이 되었다. 억지로 참다가 관계가 끊어질 바에는 속마음을 그대로 전하는 게 낫다. 상한 머릿결을 매만지면서, 후회와 반성의 마음을 쓰다듬는다.

그 자리에서 말하지 못했다면
나중에 속마음을 털어놓는 방법도 있어요.
'사실은, 그때는 말을 못 했는데 말이야….'
'그땐 진짜 미안했어.' 이렇게 말이죠.

때로는
모르는 게 나을 수도 있지

얼마 전 인터넷에서 본 글에 따르면, SNS를 하는 젊은 세대의 마음이 병드는 가장 큰 이유는 친구들이 올린 글과 자신을 비교하면서 주눅이 들기 때문이라고 한다. 너무나 공감된다.

그렇게 힘들면 안 하면 되는 거 아냐? 이렇게 말하는 사람도 있을 거다. 하지만 지금은 SNS를 하는 게 너무나 당연한 시대고, 주변에서 다 하는데 나 혼자 안 하는 건 유행에 민감한 젊은 세대에게 현실적으로 어렵다. 그럼 어떻게 하면 좋단 말인가.

SNS에서 마음 건강을 지키려면 무엇보다 내가 보고 싶은 것과 보고 싶지 않은 것의 경계를 명확히 나눠야 한다. 내가 어떤 정보를 접할 때 상처받는지 평소에 유심히 살피면 꽤 도움이 된다.

내 경우엔 내가 쓴 책에 대한 부정적인 의견을 들으면 기분이 울적해진다는 걸 경험으로 잘 알기에 나에 대한 검색은 거의 하지 않는다. 책의 저자라면 독자들의 피드백을 열심히 들어야 하지만 득보다는 마음의 상처가 훨씬 크다는 걸 알기 때문이다. 무엇이 나를 힘겹게 하는지 알면 나를 지킬 수 있다. 보고 싶지 않으면 안 봐도 된다. 알고 싶지 않으면 몰라도 상관없다. 요즘 시대를 살아가는 데에 무척 중요한 원칙이라고 생각한다.

SNS 부작용으로 자신감이 떨어진 젊은이에게
섭식장애 및 추형공포증(성형 중독)이 늘고 있어요.

타인의 보잘것없는 말에
상처받지 않기

내가 SNS에서 자주 하는 말이 있다. 누군가에게 상처 되는 말을 들었을 때 너무 진지하게 받아들이지 않아도 괜찮다는 거다. 아니, 진지하게 받아들이지 않았으면 한다. 예전에 이런 일을 겪은 적이 있다.

몇 년 전, 학창 시절부터 친했던 남자 동기와 식사를 했다. 서른 넘은 나이에 그림책 그리는 일을 하고는 있지만 생각만큼 일이 들어오는 것도 아니어서 자꾸 자신감이 떨어진다는 고민을 털어놓았다. 친구는 내게 이렇게 말했다.

"근데 벌써 서른이 넘었잖아. 솔직히 여자는 서른 넘으면 힘들지."

머리를 세게 맞은 듯한 충격이었다. 평소 보수적인 면이 있는 친구였지만 대놓고 그런 말을 할 줄은 몰랐다. 하소연할 상대를 잘못 골랐다는 생각이 들었다.

그러면서도 자신감이 곤두박질쳤다. 친구는 왜 그런 말을 했을까? 내가 진짜 글러먹은 걸까? 친구가 한 말을 곱씹을수록 점점 안 좋은 방향으로 생각이 치달았다. 나이가 드는 건 여성에게 불리하다는 생각과 함께, 앞으로 나이 들어갈 미래가 암담하게 느껴졌다.

무엇보다 힘들었던 건 젊음을 잃어가는 나 자신에게 열등감이 생겨버렸다는 점이었다. 전에는 반짝반짝 빛나는 여성들을 보는 게 좋았고, 텔레비전이나 인터넷으로 보면서 동경하기도 했다. 그런데 친구의 말을 들은 뒤로는 젊고 빛나는 여성을 볼 때마다 여태껏 느껴본 적 없는 거무칙칙한 감정이 내 안에서 꿈틀거렸다. 점점 나 자신이 싫어졌다.

시간이 흐르면서 슬픔이 분노로

그러나 시간이 흐를수록 내가 왜 이렇게 상처받고 마음의 벽까지 쌓아야 하는지 점점 화가 났다.

'여자는 서른 넘으면 힘들지'라는 말부터 생각해보자. 나는 차치하더라도 가족이나 친구 같은 소중한 사람이 누군가에게 그런 말을 들었다고 상상해봤다. 정말이지 화나고 미웠다. 소중한 사람이 어디선가 그런 말을 듣고 와서 상처받고 우울해하면 절대 그렇지 않다고 위로해주고 싶다. 그리고 그런 말을 내뱉은 사람에게 굉장히 화가 날 거다. 하물며 당사자가 나라면 말할 것도 없지 않은가.

그리고 이런 생각이 들었다. 그런 말을 아무렇지 않게 내뱉는 사람이야말로 원래 보잘것없는 인간이라고. 그러고 보면 예전에도 여러 번 그 친구의 말에 상처받은 적이 있다. 당시에는 친구가 해주는 말이니까 순순히 받아들였고, 심지어는 그런 소리를 들을 만한 문제가 나에게 있다고 여겨 나 자신을 몰아세우기도 했다.

하지만 지금 돌이켜보면 그런 말을 아무렇지 않게 내뱉는 그 친구야말로 문제였다. '나라면 남에게 그렇게 말할 수 있을까?'를 기준으로 생각해보면 된다. 나는 남에게 그런 말을 못 할 거고, 하고 싶지도 않다.

　　남에게 상처 주는 말을 뻔뻔하게 일삼는 보잘것없는 인간이 한 말에 상처받을 필요는 없다. 애초에 그런 말을 들어야 할 이유가 없으니, 진지하게 받아들일 필요도 없다. 그럴 시간이 있으면 좋은 사람이 해주는 말에 귀를 기울이자. 이렇게 생각하니 마음이 조금 편해졌다.

세상에는 다양한 사람이 있어요.
쉽게 상처받는 사람이 있는가 하면 그렇지 않은 사람도 있지요.
심술궂은 사람도 있고 남을 교묘히 이용하는 사람도 있고요.
동서고금을 막론하고 마찬가지랍니다.

남에게
상처 되는
말을
들었을 때

뭉게
뭉게

내 마음도
비뚤어졌다고
느꼈다.

비뚤어짐,
시샘, 질투
괴물이
태어났다.

어쩌면
성격 안 좋아
보이는
저 사람도…

구시렁
구시렁

그리고
이런
생각도
들었다.

한때
누군가의 말에
상처받고
바뀐 건
아닐까…?

훌쩍…

그런 말
진지하게
받아들이지
않았으면
좋겠는데…

젤리
먹을래요?

이렇게
생각하니
남에게
상처 되는 말을
일삼는 사람이
더욱 싫어졌다.

타인은
픽션

타인의 사소한 반응에 지레 겁을 먹는다.

조금 그늘진 표정을 짓기만 해도 나 때문에 화난 건 아닌지 걱정하고, 이메일 답장이 조금만 늦어도 미운털 박힌 건 아닐지 근심스럽다. 한때 이런 일이 반복되자 너무 힘겨워서 같은 대학교 철학과를 나온 지인에게 고민을 털어놓은 적이 있다. 지인은 이야기를 듣더니 이렇게 말했다.

"누가 나를 싫어한다고, 나 때문에 화났다고 걱정해도 별수 없잖아? 결국 그건 내 상상이고, 정말로 그런지는 그 사람만이 알 수 있는 거야. 그냥 타인은 픽션이라고 생각하면 돼."

표정이 좋지 않은 사람은 그저 잠을 설쳤을 뿐이고, 버럭 화내는 사람은 오늘 무슨 일이 있었을 수도 있다. 이렇게 저마다 사정이 있는 경우가 꽤 많다. 일일이 '나'를 끼워 넣지 않아도 된다.

그렇다. 감정은 당사자만이 알 수 있다. 철학 한 스푼 섞어서 말하면 지금 내 눈앞에 있는 저 사람과 이야기를 나누더라도, 내가 보고 싶은 대로 보고 듣고 싶은 대로 듣는다. 저 사람의 진짜 모습을 나는 알 수 없다. 그의 감정도 마찬가지다. 그런 면에서 우리는 '실체'에 닿을 수 없다. '타인이 픽션'이라는 이유도 여기에 있지 않을까? 어쩔 수 없이 남이 신경 쓰여서 위축될 때는 의식적으로 이렇게 외쳐보자. 타인은 픽션!

타인은 어디까지나 타인이지요···.
마음의 거리가 너무 가까워도 문제가 됩니다.
한 발 떨어집시다.

남과 비교하며 우울해지는 나를
마주하는 방법

나는 툭하면 남과 나를 비교하며 우울해한다.

원래 질투가 많은 성격인 데다 굳이 SNS에서 입이 떡 벌어질 만한 사람을 찾아내고는 '좋겠다' '대단하네' '저런 사람에 비하면 난 아무것도 아니네' 하고 걸핏하면 위축된다. 비교하는 습관이 바람직하지 않다는 걸 알지만, 정신 차려보면 어느새 비교할 상대를 찾아 헤매고 있다. 어찌 보면 자해행위에 가깝다.

어느 심리학자가 말하기를, 사람은 원래 남과 비교하는 생명체라고 한다. 비교가 자연스러운 행동이라는 거다. 관건은 어떻게 하면 주눅 들지 않을 수 있는가다. 오랫동안 질투심으로 고생한 내가 효과를 본 방법을 소개한다.

(1) 남과 비교하느니 차라리 예전의 나와 비교하기

인간이 남과 비교하는 게 자연의 섭리라면, 지금의 나를 과거의 나와 비교해보는 건 어떨까? 나에겐 내세울 만한 점이 없다고 생각하기 쉽지만, 아무리 사소한 것이라도 괜찮다. '한 달 전보다 빵에 대해 아는 게 많아졌네' '1년 전보다 그림 실력이 늘었어' 하고 비교해보면 의외로 성장한 내 모습을 발견할 수 있다. 남과 비교하며 우울해할 바에는 과거의 나와 견주어보며 흐뭇해하는 편이 정신 건강에 좋지 않은가.

(2) 선망하는 그 사람이 되면 좋을까?

SNS를 하다 보면 나도 모르게 누군가를 시샘할 때가 있다. 볼 때마다 '저 사람 진짜 부럽네' '저 사람에 비하면 난 대체 뭐지'라는 생각이 드는데, 그럴 때는 그 사람으로 살면 어떨지 상상해보자.

일로 성공을 거둔 사람은 어쩌면 잠자는 시간을 줄이고 건강을 해쳐가면서 바쁘게 사는지도 모른다. 모두에게 사랑받는 인기 좋은 사람은 알고 보니 남들 눈을 너무 의식한 나머지 가고 싶지 않은 식사 자리까지 참석하며 불필요한 지출을 하는지도 모른다. 그 사람의 숨겨진 이야기는 누구도 알 수 없다.

(3) 우주와 먼 미래로 눈길 돌리기

남과 비교하다가 정신이 아득해질 때는 이렇게 생각을 전환해보는 것도 방법이다. 지구에는 약 80억 명의 사람이 살고 평균 수명은 80세 전후인 데에 비해, 우주는 138억 년이라는 오랜 세월 동안 살아 숨 쉬고 있다. 너무 장대해서 잘 와닿지 않겠지만, 그럼에도 어떤 일로 끙끙 앓을 때는 큰 존재로 눈을 돌려보자. 내 고민 따위가 얼마나 사소한지 절로 깨닫게 될 테니까. 게다가 지금 내가 대단하다고 부러워하는 그 사람도, 한껏 풀 죽은 나도, 100년 뒤면 모두 죽고 없다. 그렇다면 지금 눈앞에 있는 아이스크림이나 맛있게 먹으며 행복에 젖는 게 남는 장사 아닐까. 남과 비교하다가 자괴감이 밀려올 때는 이런 생각을 머릿속에 쭉 늘어놓고 마음을 차분히 가라앉힌다.

요즘엔 어쩌면 '비교'가 그리 나쁜 게 아닐지도 모른다는 생각도 든다. 남과 견주어봄으로써 다른 점이 명확해지고, 서로 다른 점은 개성이 된다. 남들보다 뒤처졌다는 생각이 채찍질이 되어주기도 하고, 남을 부러워하는 마음에서 나의 진짜 욕망을 알아챌 수도 있다. 내가 원하는 바를 알면 내가 바라는 모습에 조금 더 가까워질 수 있지 않을까. 이런 의미에서 질투는 어쩌면 나를 비추는 가장 좋은 거울일지도 모른다.

비교에서 오는 괴로움에 되도록 빠지지 말고 비교하는 마음 그 자체의 쓸모를 찾아보는 것도 좋은 방법이다.

현대를 살아가는 우리에겐 잘 와닿지 않을 수도 있겠지만, 오랜 세월에 걸쳐 수많은 사람이 신이라는 존재를 믿었어요. 거대한 존재를 우러러보는 건 그만큼 인류에게 필요한 행위였을지도 모르지요.

삶을
리셋하는 것처럼

3년 동안 매일같이 트위터에 글을 올리다 보니 감사하게도 많은 분께 사랑받고 있다. 그런데 한편으로는 불안하기도 하다. 지금껏 많은 분이 내 계정을 좋아해준 건 내가 우울하고, 일도 없고, 어두운 사람이라는 '캐릭터' 덕분이니, 그렇지 않은 모습을 보이면 팔로워가 줄어들지 않을까 하는 걱정에서다. 누군가는 자의식 과잉이라고 손가락질할지도 모르지만.

실제로 한 팔로워에게 '앞으로도 변함없는 모습 기대할게요'라는 메시지를 받고서, 그가 바라는 모습이 내 전부는 아닐 테니 당신의 기대처럼 살 수는 없다고 마음속으로 조그맣게 사과했다.

속에 있는 이야기를 마음껏 그리고 싶어서 시작한 SNS건만, 내가 만들어낸 캐릭터에 얽매여 점점 불편해지고 있음을 느낀다. 왠지 모를 답답함을 느끼는 순간도 많아졌다.

그래도 SNS만 있으면 내 정체성(계정)을 여러 개 만들 수 있고, 몇 번이고 다시 시작할 수 있는 시대다. 혹여 앞으로 '나오냥'이라는 캐릭터가 한계에 부딪쳐도 조용히 보금자리를 옮겨 새로운 나로 거듭나면 된다. 현실 속 나만이 '나 자신'은 아니다. 얼마든지 다시 태어날 수 있다. 그런 나였으면 한다.

진짜 나를 아끼는 사람들은
내 변화에 발맞춰 함께해주지 않을까요?

잘나가는 타인이
불편한 마음

감사하게도 요즘은 일러스트 의뢰가 제법 들어온다. 일이 좀처럼 들어오지 않아 무기력한 나날을 보냈던 나에겐 그야말로 감개무량한 일이다. 작업 결과를 SNS에 공유하면 팔로워에게 이런 DM이 오기도 한다.

"나오냥 님의 트윗을 보고 있으면 힘이 납니다. 늘 응원하고 있어요. 그런데 작업물에 대한 글을 보면 괜시리 기운이 빠지더라고요."

뜨끔했다. 그렇지만 직접 아는 사이도 아니고 친구도 아닌 사람에게 왜 이런 말을 들어야 하지. 내가 내 일을 한 걸로 누군가 기분이 울적해졌다고 한들, 그걸 굳이 내가 알아야 하나. 난 일하면 안 되나?

잘되기를 바란다고 말하는 사람 중에는 상대방이 정말로 잘나가면 불편해하는 사람도 있다. 내심 남을 얕잡아보는 마음인지도 모른다. 타인의 변화를 받아들이지 못해서 뒤통수라도 맞은 듯 느끼는 거다. 하지만 이런 마음도 공감이 간다. 남이 잘되는 건 솔직히 말해 기분 참 별로다. 특히 내 일이 생각처럼 잘 안 풀릴 때는 더더욱. 그 마음, 나도 잘 안다….

그래서 화는 안 난다. 오히려 죄송하다고 사과하는 편이다. 역시 세상살이가 녹록지 않다고 생각하면서 말이다.

'이런 사람도 있구나…' 정도로 받아들이면 됩니다.
모두가 그렇진 않아요.
(과도한 일반화는 인지왜곡일 수 있습니다.)

SNS를 하다 보면
처음 보는 사람에게
안 좋은 감정을
품기도 한다.

왠지 좀
별로야….

(나도 이럴 때가 있어서
몹시 공감한다.)

하지만
이런 감정을
당사자에게
직접 전하는 건
차원이
다른 문제다.

으으음….

생각하는
것과 직접
행동하는 것
사이에는
넘어서는
안 되는
큰 간극이
있다.

넘는 순간, 나의
소중한 무언가를
잃는 절벽

앵글 밖에서도
멋진 사람

요즘 아이돌 오디션 방송에 푹 빠져 있다. '최애'가 생기고 나니 데뷔를 응원하는 게 너무 행복하다.

어느 날 문득 '최애'란 뭘까 하고 생각했다. 수많은 연습생 중에서도 하필 이 사람을 응원하고 싶어지는 결정적 이유가 대체 뭘까?

아이돌이 될 법한 사람은 참 다양한 매력이 있다. 얼굴, 노래, 춤, 성격도 각양각색이다. 내가 '아, 이 사람이다' 하고 느끼는 멤버의 공통점은 카메라 앵글 밖에 있을 때도 최선을 다해 퍼포먼스를 한다는 점이다. 다른 멤버가 센터에서 노래하는 와중에 뒤에서 온 힘을 다해 춤추는 팔이 언뜻 보였을 때. 뒤에서 목청 높여 메인보컬을 서브하는 노랫소리가 들릴 때. 정중앙에서 인터뷰하는 멤버 뒤편에서 절반도 채 나오지 않지만 활짝 웃는 모습이 잠시 잡힐 때. 이런 순간에 나는 감동해버리고 만다. 그럴 때 온 마음을 다해 응원하게 된다. 생각해보면 일상에서도 마찬가지다.

언제나 주인공이 아니어도 괜찮다. 앵글 바깥으로 밀려나도 괜찮다. 매 순간에 최선을 다했다면 알아주는 이가 반드시 있기 마련이니까. 그런 모습은 누군가를 감동시킨다. 적어도 나는 그런 사람을 만나면 온 힘을 다해 응원하고 싶다.

> 어느 자리에서건 항상 주목받기는 쉽지 않아요.
> 그럴 때 조바심을 내면 실수하기 십상입니다.
> 초조해지지 말고 '나의 순간'이 올 때까지
> 기다리며 준비해보세요.

온 힘을
다해
춤추는
팔이
보일 때

메인보컬을
빛나게
해주는
노랫소리가
옆에서
들릴 때

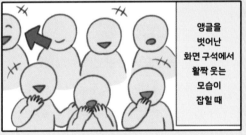

앵글을
벗어난
화면 구석에서
활짝 웃는
모습이
잡힐 때

남과 어울리고 싶은 마음과
그러고 싶지 않은 마음 사이에서

어른이 되면 정말이지 친구 사귀기가 힘들다.

원래 친구가 적은 데다, 프리랜서로 집에 틀어박혀 일만 하다 보니 다른 사람들과 밖에서 이야기 나눌 일은 한 달에 고작 한두 번이다. SNS에서 매일같이 즐겁게 누군가를 만나는 이들의 모습을 볼 때면 왠지 모를 불안감이 엄습하기도 한다.

내가 원해서 고른 직업이건만, 좁은 집안에서 그림만 그리고 있으니 혼자만 성장을 멈춘 사람 같다. 가끔은 외로움을 견디다 못해 한밤중에 이불 위에서 정좌를 하기도 한다.

사람들과 만나는 횟수를 늘려야겠다는 생각으로 책이 출간되었을 때 토크 이벤트를 열기도 했다. 팔로워들과 못다 한 이야기까지 할 수 있었던 뜻깊고 소중한 경험이었다.

하지만 남들 앞에 나서기가 긴장되어 안정제를 복용해야 했다. 집에 돌아와서는 '이렇게 말했더라면 좋았을걸' 하고 격한 자괴감에 시달렸다. 그럼에도 남들과 잘 지내는 이들을 보면서 동경과 질투의 마음을 품을 바에는 차라리 사람들 속에서 그들과 같은 풍경을 보고 싶다.

혼자이고 싶은 마음과 그러고 싶지 않은 마음 사이를 오가며, 오늘 밤도 대화 나눌 친구를 찾는다.

다양한 형태로 남들과 이어져 있으면 되지 않을까요.
(저도 늘 되뇌는 말이에요.)

아싸가
오히려 좋아

나는 이른바 '아싸'로 반평생을 살아왔다.

남들과 어울리고 싶은데 잘 어울릴 자신은 없고, 상처받는 게 두려워 혼자를 택할 때가 많았다. 그리고 이런 내 모습이 오래도록 콤플렉스였다. 그런데 요즘은 시대가 바뀐 것 같다.

특히 코로나 팬데믹 이후 원격근무가 보편화되면서 비대면으로 일하는 곳이 늘었고, 직장 내 회식도 줄었다고들 한다. 몇 년 사이에 OTT 서비스처럼 밖에 나가지 않고도 즐길 거리가 기하급수로 늘었다.

밖에 나가 사람들과 어울리고 식사를 하다 보면 당연히 돈이 든다. 그런데 아싸는 그 비용을 아낄 수 있지 않은가. 어떤 면에서는 오히려 아싸가 이득이라는 생각이 들었다.

어차피 사람은 죽을 때 혼자다. 많은 이와 어울려 지내는 모습도 좋지만 결국은 누구나 고독한 존재다.

특히 나이를 먹고 소중한 이를 떠나보내는 경험을 하면 고독이 생생한 두려움으로 다가온다. 이런 점에서 아싸는 스스로 깨닫지 못하는 사이에 일찌감치 고독을 견디는 트레이닝을 착실히 해온 셈이다. 진짜 단단한 마음을 지닌 건, 어쩌면 아싸인지도 모른다.

저도 아싸입니다.
정신건강의학과 의사니까요….
대부분의 시간을 타인의 고민을 들으며 지내거든요.

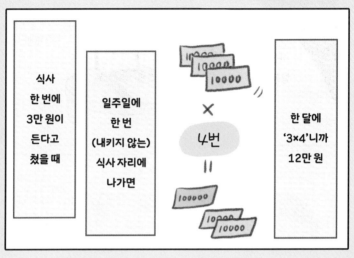

상처받을 걱정 없이 행동하고 싶어

하아…

근데 거절당하면 마음 아플 거야 ….

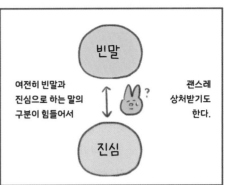

빈말

진심

여전히 빈말과 진심으로 하는 말의 구분이 힘들어서

괜스레 상처받기도 한다.

하지만 관계는 내가 먼저 움직여야 시작되는 법.

잃을 것도 없고

거꾸로 생각하면 상처만 조금 받고 끝나는 거지.

설령 상처받는 한이 있어도

GO~!!

그렇다면 행동으로 옮겨봐야겠어.

그러니 먼저 메시지를 보내볼까.

그래서 요즘은 되도록 행동으로 옮기고 있어요.

내 마음 같지 않은 이유는
결국 알 수 없어요

타인과 관계를 맺는다는 건 쉽지 않은 일이지요. 생각처럼 되지 않는 건 내 문제일 수도 있고 타인의 문제일 수도 있어요. 서로에게 문제가 없더라도 그저 잘 맞지 않아서 트러블이 생길 수도 있고요.

환자들과 이야기 나누다 보면 자기 자신을 너무 몰아세우지 않으면 좋겠다고 생각할 때가 많아요. 잘 알지도 못하는 사람들이 감 놔라 배 놔라 늘어놓는 소리에 크게 마음 쏠 필요 없거든요. '스스로를 너무 몰아세우지 말고, 무던히 지나갈 수 있는 노하우를 알면 좋을 텐데' 하고 자주 생각한답니다. 환자들에게 그런 노하우를 직접 알려주기도 하고, 아직 그럴 단계가 아니라는 판단이 서면 일단 말을 아꼈다가 적절한 타이밍에 이야기하기도 해요.

타인과 관계를 맺는 건 생각보다 어려운 일이고 모든 사람이 잘하는 것도 아니랍니다. 가까운 사람들은 그저 나의 어리숙한 모습을 개의치 않는 것뿐이에요. 산다는 건 그런 거 아닐까요? 물론 유독 힘겨워하는 분들도 있어요. 그런 분들은 정신건강의학과 진료를 받아보시길 권합니다. 함께 머리를 맞대고 훈련하다 보면 노하우가 생긴답니다.

내 두 팔이 닿는 사람들에게
행복을 주고 싶어

부모님 뜻과 달라도
내 삶을 살고 싶어

'나오냥' 계정을 부모님에게 들키고 말았다. 두 번째로 쓴 책 《100년 뒤엔 모두 죽고 없으니 신경 쓰지 않기로 했다》출간 전 홍보를 위해 트위터에 책 내용을 올렸을 즈음이었다. 어느 날, 엄마에게 갑자기 전화가 왔다.

"근데, 그런 책 내도 괜찮은 거니?"

온몸이 굳어버렸다. 지금껏 나오냥이란 이름으로 SNS를 한다는 이야기도 한 적이 없었고, 우울증으로 휴직한 과거도 부모님껜 비밀에 부쳤기 때문이다. 그런데 모두 알고 계셨던 거다. 트위터에 우중충하고 한심스러운 속마음을 올리는 것도, 이따금 부모님을 원망하는 일러스트를 그렸던 것도.

말로 다 못 할 만큼 창피했고 동시에 엄청난 죄책감이 밀려왔다. 스마트폰을 쥔 손은 떨리고 목은 긴장감으로 바싹 타들어 갔다.

그림책 작가인 내 이름을 검색하다가 우연히 알게 되신 듯했다. 엄마는 그저 걱정스러운 눈치셨다. 하지만 수치심과 죄책감으로 뒤범벅이 된 난 그런 엄마에게 면박을 주고 말았다. 모르는 척해줄 순 없었느냐. 뭐가 바뀐다고 그런 말을 하느냐. 내가 하고 싶어서 하는 거고, 난 지금 하는 일에 만족한다고 일방적으로 말하고는 전화를 끊었다. 엄마에게 싫은 소리를 한 내가 한심해서, 전화를 끊고 울었다.

될 수 있으면 숨기고 싶었다. 우울증으로 회사를 쉬었던 과거와, 마음속 고민을 털어놓는 SNS 계정 같은 건.

어쩌면 오래전부터 알고 계셨을지도 모르겠다. 처음 아셨을 땐 분명히 충격이었을 거다. 부모님 앞에선 늘 밝고 긍정적이며 우울과는 거리가 먼 딸을 연기했으니까. 특히 엄마는 끙끙 속 앓이하고 눈치 보는 나와는 정반대 성격의 소유자다.

자식 걱정이 지대하셔서 솔직히 말하지 못했다. 그렇지 않아도 자식 걱정 많은 엄마에게 근심거리를 또 안겨줄 순 없으니까. 하지만 결과적으로 안 해도 될 걱정을 안겨주고 말았다.

우여곡절 끝에 발견한 나의 안식처

우중충한 속마음을 트위터에 털어놓으면 팔로워들이 따스하게 공감해준다. 그림으로 그려줘서 고맙다며 감사의 말을 전해오는 분도 있다. 그림책 일만 할 때는 일러스트를 업로드해도 봐주는 이가 거의 없었고, 우울증을 견디다 못해 휴직했을 때도 내 이야기를 들어줄 사람이 어디에도 없다는 생각에 줄곧 외로웠다. 세상에서 내쳐진 기분이었다. 그런데 SNS에 이야기를 털어놓으면서 '내 목소리를 들어주는 분들이 있구나' 하고 조금 자신감이 붙었다. 고작 SNS인데. 그래도 SNS는 누가 뭐라 하건 나의 안식처였다.

그런데 이게 가족에게 상처가 될 줄이야.

이러니저러니 해도 가족은 더할 나위 없이 소중하다. 걱정

따위 안겨주고 싶지 않고, 그저 행복했으면 좋겠다. 그런 가족을 슬프게 하다니. 나는 대체 무얼 하고 싶었던 걸까? 소중한 사람 속을 썩이면서까지 계속하는 것이 무슨 의미가 있단 말인가. 회의감이 밀려왔다. 말 안 해서 죄송해요. 속으로 수도 없이 사과를 했다. 한동안 이런 생각을 되풀이하며 지내다가 책이 나올 무렵에는 그만 떨쳐버리기로 했다.

늘 부모님 안색을 살피며 살아온 내게, 이번 일은 어쩌면 나를 위한 삶을 살아볼 기회일지도 모르겠다는 생각이 들었다. 설령 가족을 슬프게 하더라도, 이게 진짜 내 모습이다. 진짜 나를 줄곧 어딘가에 표현하고 싶었다. 누가 뭐라 하든 앞으로도 내 마음을 세상에 표현하고 싶다. 이렇게 다시금 마음을 다잡을 수 있었다. 누구를 위한 삶이 아닌 내 삶을 살아보는 거다.

부모님에게도 방황하던 젊은 시절이 있었어요.
그러니 마치 오래 봐온 친구처럼 내 아이의 고민도 잘 알지요.
하지만 부모라는 책임감이 있어 근심스러울 거예요.
(친구라면 또 다를지도!?)

휴직했던 것도
들켰어….

망했다….

속마음을
털어놓는
SNS를
부모님에게
들켰을 땐
괴로웠다.

부모님도
분명
충격이었을
거다.

난
옛날부터
부모님
앞에서
밝은
아이인
척했으니

고민
같은 건

하나도
없어요~

말로 다
못 할 만큼
죄송했다.

하지만
이게 나인데
어쩌겠어.

가족이라는
관계를
진지하게
재정립하고
싶어.

나의 경험을 넘어서
타인을 이해하기

사실 1년 전부터 아빠 건강이 시원찮다. 엄마 말에 따르면 늘 무기력하고 누워만 있는다는데, 올해 초에 결국 병원에 가셨다. 진단명은 우울증이었다. 심지어 중증이라고 했다.

우울증은 감기처럼 약을 먹으면 '네, 다 나았네요' 하는 질환이 아니다. 좀 더 일찍 눈치챘더라면 어땠을까 하고 생각하니 후회스러웠다. 그런데 아빠의 건강보다도 더 우려스러운 일이 벌어지고 있었다.

우울증을 앓는 아빠와, 아빠의 우울증을 받아들이지 못하는 엄마의 충돌이었다. 말이 충돌이지 일방적으로 목소리를 높이는 엄마 앞에서 되받아칠 기력조차 없는 아빠가 그저 입 꾹 다물고 누워 있을 뿐이었다. 옆에서 보기만 해도 살얼음판을 걷는 듯한 분위기가 온 집 안에 감돌았다.

아빠가 우울증이라는 소식을 엄마에게 전해 듣고 황급히 본가를 찾았는데, 정작 아빠는 여느 때와 다름없이 텔레비전을 보며 태평하기만 하셨다. 생각보다 괜찮아 보여서 한시름 놓았는데, 그날은 아마도 안간힘을 쓰셨던 걸 테지. 엄마는 엄마대로 고민이 많은 듯해 둘을 살필 심산으로 본가에서 하룻밤 자고 가기로 했다.

아침에 눈을 떴는데 안방에서 이런 소리가 들렸다.

"언제까지 잠만 잘 건데? 이렇게 걱정시키면 좋아? 결혼하고서 쭉 걱정만 시키더니, 내 마음이 어떤지 알기나 해?"

누워 있는 아빠 옆에서 엄마가 날카로운 목소리로 잔소리를 늘어놓고 있었다. 틈만 나면 벌러덩 누워버리는 나도 덩달아 혼나는 듯해서 정신이 번쩍 들어 몸을 일으켰다. 이대로는 안 되겠다 싶었다.

"엄, 엄마! 그렇게 말하면 아빠가 너무 안됐잖아."

황급히 두 분 사이에 끼어들었다. 아빠에게 모진 말을 하는 엄마의 마음이 선뜻 이해되지 않아 이야기를 나눠볼 심산이었다.

난생처음 헤아려본 엄마의 마음

엄마는 말했다. 아무리 네 아빠가 우울증이라고 해도 그렇지, 우울증을 핑계로 누워만 있으면 좋아질 리가 있겠느냐고. 엄마도 하루 종일 누워만 있는 아빠를 보면 지친다고. 어쩔 수 없이 그런 말을 하고 나면 자괴감이 들어 힘들다고.

그럴 수 있겠구나 싶었다. 하지만 우울증을 겪어봐서 누워만 있게 되는 괴로움도 아는 나에겐 여전히 엄마가 모질게 느껴졌다.

고지식한 노력파인 엄마는 옛날부터 '파이팅'이란 말을 입에 달고 살았다. 우울증을 겪어본 적 없는 엄마가, 우울증이 어떤 건지 알 리 만무하다. 물론, 직접 겪어보지 않고는 모르는 게 당연하지만. 그래도 이해해보려고 노력할 수는 있지 않은가.

그게 그렇게 힘들까? 엄마에게 짜증마저 났다. 그러다가 문 득 깨달았다. 이런 나 역시 엄마의 입장이 되어본 적이 없으니 엄마의 마음을 온전히 알 수 없다는 사실을.

내가 엄마와 비슷한 성격에 엄마 같은 상황이었다면 아빠 에게 엄마처럼 말했을지도 모른다. 세상 사람들은 참으로 다양 해서 때론 내가 이해할 수 없는 것을 사랑하고, 그러면서 고민하 고, 상처받는다. 엄마는 엄마대로 상처받고 힘들지 모른다. 그 마음은 엄마만이 알 수 있다.

그러고 보니 나는 우울증을 앓는 가족을 보살피는 가족 구 성원의 고충에 대해 진지하게 생각해본 적이 없었다. 우울증을 이해하지 못하는 엄마와, 그런 엄마를 이해하지 못하는 나는 본 질적으로 같으니 엄마만 원망해서는 안 되는 거다.

집에 돌아온 뒤 본가의 아빠와 엄마에게 무얼 해드릴 수 있 을지 고민하다가 두 분에게 메시지를 보내기로 했다. '별일 없 어?' '괜찮아?' '푹 쉬세요' 같은 짧은 안부일 때도 있고, 고양이 사진일 때도 있고. 별 내용 아니지만 내가 곁에 있다는 걸 알려 드리고 싶다.

자식에게 안부 인사를 받으면 부모로선 정말 기쁘답니다.
(보통은 말이죠.)

그 뒤, 아빠도
친구와 여행을
다닐 만큼
건강을 되찾았다.

등산
갔다 왔다!

-아빠가

다행이야….

할아버지와의 이별을
그만 슬퍼하기로 했다

난 할머니와 할아버지 손에서 자라다시피 했다. 어릴 때 맞벌이로 바쁜 아빠와 엄마를 대신해 가까이 사는 조부모님이 보살펴주셨으니 말이다. 할머니와 할아버지는 무척 자상하셨고, 집에 놀러 가면 늘 어서 들어오라며 인자한 미소로 맞이해주셨다. 손주 중에서도 하나밖에 없는 손녀여서 유독 예쁨을 받았다. 전단지 뒤에 그림을 그리면 '어머, 잘 그렸네' 하고 입이 마르도록 칭찬하시고는 번듯한 액자에 걸어놓으셨다. 전화로 놀러 가고 싶다고 얘기하면 할아버지는 어디에 계시든지 간에 곧장 도넛을 사 들고 차로 데리러 와주셨다. 엄마와 아빠는 엄했지만, 할머니 할아버지 댁에 가면 낙원에 온 듯 자유롭고 평온했다.

커가면서 세상은 나를 중심으로 돌지 않는다는 너무나 당연한 현실을 깨닫고 이따금 상처받기도 했지만, 할머니 할아버지 댁에 가면 내가 어떤 모습이든 두 팔 벌려 맞이해주실 것 같았다. 이 세상의 주인공은 되지 못할지언정 할머니와 할아버지 앞에서만큼은 늘 주인공이었고, 내 모습을 그대로 보여줘도 된다고 생각했다. 할머니와 할아버지라는 존재는 편안한 안식처임과 동시에 나를 긍정할 수 있는 마음의 피난처이기도 했다.

그런 할아버지가 2022년 향년 93세로 돌아가셨다. 고통 없이 영면에 드셨다고 한다. 만년에는 치매 증상이 악화해 요양원에 들어가셨는데, 코로나로 인해 면회가 금지되면서 거의 뵙지 못했다. 몸 상태가 영 안 좋으시다고 엄마에게 안부를 전해 들은 뒤로는 나름대로 마음의 준비를 했다. 그럼에도 막상 부고를 들었을 때는 얼마나 충격이 크던지. 물기를 꼭 짠 행주를 있는 힘껏 비틀기라도 하듯 위장을 옥죄는 격한 통증이 밀려들면서 눈물이 멈추지 않았다. 진짜 슬픔이란 바로 이런 건가 싶었다.

장례를 치른 뒤에도 슬픔은 쉬이 가시지 않았다. 가족을 떠나보낸 경험이 거의 없었고, 죽음을 받아들일 만한 강인함을 아직 지니고 있지 않았던 탓도 있었겠지. 이제는 기운 차려야 한다고 마음을 다잡아도 더는 할아버지를 만날 수 없다는 생각이 들면 낭떠러지에서 떨어지기라도 하듯 가슴이 철렁 내려앉았다.

후회해도 더 이상 할아버지는 안 계신다

사실은 할아버지가 요양원에 들어가신 뒤로 만나 뵙기가 두려웠다. 어릴 적 내가 알던 할아버지와는 전혀 다른 사람이 되어 있으면 어쩌나, 내 존재를 까맣게 잊으셨으면 어쩌나 하는 생각에 좀처럼 발걸음을 하지 못했다. 그렇게 애지중지해주셨는데, 난 왜 그렇게 야박하게 굴었을까. 고맙다는 말이라도 전해드렸으면 좋았을 텐데. 하루에도 몇 번씩 후회가 밀려들었다. 뭘 해도 마음이 개운치 않았고, 아무리 애써도 슬픔에서 헤어 나오지 못하는 나날이 이어졌다.

그러다가 어느 날 문득 '만일 내가 할아버지였다면?'이라고 생각해봤다. 누군가 나를 기억해주는 건 물론 고마운 일이다.

하지만 기약 없이 슬퍼만 하면 오히려 미안한 마음이 들지 않을까? 나 때문에 눈물 흘리게 하고 싶지 않고, 차라리 훌훌 털어내고 내일부터라도 다시 웃으며 지냈으면 할 거다. 소중한 사람이라면 더더욱 말이다.

어쩌면 할아버지도 같은 마음 아닐까? 언제까지고 슬픔에 잠겨 있으면 할아버지에게도 못 할 짓일지 모른다. 침울해하기보다는 평소와 다름없이 지내야 할아버지도 활짝 웃으시지 않을까.

'슬퍼해주는 사람이 이렇게나 많으니 행복하시겠어' '천국에 있는 그이도 기뻐할 거예요'라고 흔히들 말한다. 남겨진 이의 슬픔도 엄연한 사실이고, 고인이 생전에 사랑받았다는 사실 역시 눈부시다. 하지만 슬픔만이 애정의 깊이를 나타내는 척도는 아닌 것 같다. 애써 눈물을 보이지 않는 것도 고인에 대한 마음을 표현하는 방법일 수 있다. 고인이 어떤 모습을 흐뭇해할지 헤아려 담담하게 행동으로 옮기기. 떠난 이를 생각하고 기린다는 건 어쩌면 이런 거 아닐까.

할아버지는 내가 씩씩하게 지내는 모습을 보시면 분명 흐뭇해하실 거다. 그렇다면 그 마음에 보답해드리자. 이렇게 생각하니 비로소 발걸음을 내디딜 수 있었다.

사람은 언젠가 죽습니다. 죽음을 받아들이고 이해하는 방식은 제각각이지만 언젠가는 내 순서도 오겠지요….

할아버지가 돌아가셨을 때

아빠는 슬픔에 젖었다.

그럼 잔을 올리겠습니다.

한편 큰아버지는 담담했다.

당시엔 그렇게 생각했는데

정반대 …!?

같은 부모에게서 태어난 형제인데 전혀 다르네.

이런 사람도 꼭 필요해 ….

씩씩함으로 포장된 '다정함'도 있구나 싶다.

누군가를 위한
배려의 거짓말

할아버지는 80세를 넘어서까지 할머니와 함께 지내시다가, 치매가 악화하면서 요양원에서 지내셨다. 할머니는 본가에서 우리 부모님과 함께 지내시다가, 몇 년 전 하체가 약해지면서 혼자서는 거동이 불편해 다른 요양원에 들어가셨다. 그러니까 두 분은 부부인데도 각자 다른 곳에서 지내셨다.

할아버지는 2022년 1월 노환으로 돌아가셨다. 코로나가 기승을 부릴 때라 장례식은 가족끼리 조용히 치렀다. 하지만 장례식장에 할머니는 오시지 않았다. 할머니에게 할아버지가 돌아가셨다는 사실을 말하지 않았기 때문이다.

할머니는 몸 상태가 다시금 악화해 입원 중이셨다. 할아버지의 부고를 들으면 정신적, 신체적으로 버티기 힘드시지 않을까 염려한 아빠 엄마는 할머니께 알리지 않기로 했고, 나 역시 의견을 같이했다. 할아버지는 다른 요양원에서 몸 건강히 지내고 계신다고, 우리는 여전히 할머니에게 거짓말을 한다.

거짓말은 바람직하지 못하다. 되도록 남에게도 나 자신에게도 한 치의 거짓 없이 살고 싶다. 하지만 모든 사람이 고통스러운 현실을 있는 그대로 받아들일 수 있을 만큼 강건한 건 아니어서, 진실을 알리지 않는 편이 좋을 때도 있다. 배려하는 마음에서 우러나오는 '하얀 거짓말'을 나는 긍정하고 싶다.

뭐든지 있는 그대로 말하면 좋은 걸까요?
솔직하게 말한다고 다 좋은 건 아닐 거예요.
그래서 의사소통이 어려운 거고요.

나이가 든다는 건
변화를 받아들일 줄 안다는 것

요즘 들어 본가에 가면 조금 울적하다.

　본가는 지금 사는 동네에서 그리 멀지 않은 곳에 있는데, 그럼에도 갈 때마다 왠지 모르게 쓸쓸하다.

　역에 내리면 낯선 상업 시설과 호텔이 우뚝 솟아 있고, 어릴 적 친구들과 용돈을 모아 펜이며 스티커를 샀던 문방구는 자취를 감췄다. 동네에서 제일 컸던 서점은 건물이 통째로 헐렸다. 내가 좋아하는 할머니 할아버지 댁도 지금은 비어 있다.

　본가 현관문을 열고 들어가면 부모님이 언제나 웃는 얼굴로 반겨주신다. 다만 몸도 가냘파지고 키도 줄어든 것 같다. 어릴 적부터 함께했던 고양이는 몇 년 전 무지개다리를 건넜다.

　동네는 바뀌고, 사람도 변한다. 당연한 일이지만 때론 눈물이 핑 돌 만큼 쓸쓸하다. 예전 내 방에서 뒹굴며 빛바랜 벽지를 바라보고 있으면 나 혼자만 어릴 적 모습 그대로 덩그러니 남겨진 것만 같다. 변화는 늘 힘겹다. 가능하면 아무것도 변하지 않았으면 좋겠다.

　하지만 살아간다는 건 어쩌면 모든 걸 내려놓고 변화를 받아들이는 일일지도 모르겠다. 변화는 이따금 쓸쓸함과 쓰라림을 동반하지만, 그런 아픔을 있는 그대로 받아들일 수 있는 강인한 마음이 아직 내겐 더 필요한지도 모르겠다.

변화한다는 건 시간이 흐르면서 조금씩
죽음에 가까워진다는 뜻이기도 하지요.
때로 슬프게 느껴지기도 하지만, 받아들이고 나아갈 수밖에 없어요.

본가에서
2년 전부터
고양이를
기르고 있다.

냐앙~

냐옹~

고양이
남매

새 생명이 있어서
조금은 덜 외롭다.

반려동물과 함께하는
삶 역시 다양한 삶의
형태 중 하나.

귀여워라!!

또 놀러
올게~

내 주변부터 행복하게 해주고 싶어

그 뒤
부모님뿐만
아니라

혹시
'나오냥'이란
SNS 해?

친오빠한테도
나오냥 계정을
들키고 말았다.

정신적
노출증입니다~!!

이제는
충격받기보단
태세 전환

뱃살춤이라도
추고 싶은 기분

걱정 끼쳐서
미안해….

이상한 동생이라
미안해….

그래도
일단
사과했다.

띵

그랬더니
이런 답장이
왔다.

< 오빠

읽음
20:45

이상한 동생이라
미안해….

나오냥이 올린 말들이
많은 사람에게 위로가
되어준다면 오빠로서
너무 자랑스럽지.

으앙~

과로로
입원한 적 있음.

오빠도
일 때문에
힘들었다.

SNS를 하다 보면
팔로워 수나 노출수 같은

겉으로 보이는 숫자에만
신경을 쓰게 되지만

먼저
가족과

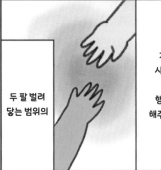

두 팔 벌려
닿는 범위의

가까운
사람들을
좀 더
행복하게
해주고 싶다.

부모님 의견은
참고로만 삼으면 딱 좋아요

부모님은 부모님, 나는 나. 나누어 생각하기가 쉽지 않지요. 부모를 지나치게 이상적으로 여기거나 두려워하는 분들이 많습니다. 50대 회사 사장이 90세를 넘긴 선대 사장(아버지) 앞에서 쩔쩔매면서 경영 자문을 구하는 모습을 옆에서 보고 있으면 '살아온 시대가 다른데 적절한 조언을 들을 수 있을까?' 하는 의문이 드는 것도 사실입니다.

부모라고 대단할 건 없습니다. 여느 아저씨, 아주머니처럼 그저 평범한 이들 중 한 명일 뿐이지요. 제아무리 성공한 사람일지라도, '생각'에는 그 사람의 경험과 취향이 담기기 마련입니다. 내 일은 누구보다 내가 가장 잘 아는 법입니다. 그러니 자기 생각에 자신감을 가져도 좋아요.

불안감이 밀려올 때는 누군가에게 털어놓으세요. 넘어지면 다른 이에게 기대도 좋습니다. 하지만 다른 사람을 절대적으로 여길 필요는 없어요. 설령 부모님이라고 해도 말이죠. 나의 행복은 내가 가장 잘 압니다. 그러니 자신을 믿어보세요. 부모님의 조언은 있는 그대로 받아들이되, 모두 따를 필요는 없습니다.

내 인생을
받아들이는 법에 대해

너무 큰 기대가
삶을 방해할 때

"이런 일로 풀 죽으면 앞으로 어떻게 하려고 그래?"

어릴 적 담임선생님께 여러 번 지적받을 만큼 난 쉽게 상처받는 아이였다. 그러던 어느 날 깨달았다. 나 자신에게 거는 기대가 클수록 상처도 잘 받는다는 사실을.

좀 더 좋은 성적을 받을 수 있었는데. 좀 더 자연스럽게 대화하고 싶었는데. 그런데 아니다. 세상일이 내 마음대로 되는 것도 아니고, 나란 존재는 생각보다 대단치 않은 게 현실이다.

나에게 큰 기대를 걸지 않기로 했다. 그랬더니 상처받는 일이 훨씬 줄었다. 일이 생각만큼 잘 안 풀려도 '내가 그렇지, 뭐' 하고 훌훌 털어버릴 수 있고, '그래도 해보길 잘했네' 하고 내가 대견하게 느껴진다. 무언가를 시작할 때도 하나 마나 한 걱정에 시달리지 않는다. 글을 쓸 때도 마찬가지다. '내가 뭐 그렇게 대단하다고, 일단 한 줄만 써볼까' 생각하면 글을 무사히 끝맺을 수 있다. 나에게 거는 기대를 줄이니 오히려 일이 좋은 쪽으로 흐를 때가 많아졌다.

괜한 기대로 상처받느니 나에게 거는 기대를 낮추고, 기왕이면 덜 상처받으며 지내고 싶다.

'방어적 비관주의'라는 개념이 있습니다. '어차피 잘 안될 거야' 하고 생각하면 설령 잘 풀리지 않더라도 크게 상처받지 않아요. 애초에 잘될 거라고 생각하지 않았으니까요. 잘되면 행운이 따른 거고요. 그저 내 삶을 사는 것만으로도 완전 이득인 거죠.

슬픔이 때로는
위로가 돼

우울증으로 힘겨워하다 휴직했을 때는 '암울' 그 자체였다. 현실에서 벗어나고 싶은 마음에 대낮부터 맥주를 들이켰다.

그러던 어느 날, 이렇게 살아서는 안 될 것 같은 불안감이 밀려왔다. 조금이라도 긍정적인 사람이 되어야 하지 않을까? 자기계발서를 닥치는 대로 읽었다. 안타깝게도 와닿는 책은 없었다. 성공한 사람이나 위인의 명언도 울림이 없었다. 이런 말이 어떨지 모르겠지만, 하나같이 승자의 거만한 설교처럼 느껴져 오히려 괴로웠다.

그러던 와중에 아쿠타가와상을 수상한 니시무라 겐타의 사소설★《고역열차》를 읽었는데 마음에 와닿았다. 소설 속 주인공은 여자친구도, 친구도 없이 일용직으로 근근이 생활을 이어가는 서글픈 남자다. 시기심으로 얼룩진 주인공의 추하면서도 한심스러운 감정이 너무나 선명해서 마치 평행 우주 속 내 모습을 보는 듯했다. 벼랑 끝으로 내몰린 심정이었던 나도 어떻게든 살아갈 수 있겠다는 용기가 생겼다.

흔히들 긍정적으로 살아야 한다고 말한다. 그래서인지 가끔은 늘 웃어야 한다는 강박에 사로잡힌다. 하지만 환한 미소가 인생의 전부는 아니다. 암울한 글도 때로 마음에 울림을 준다. 그대의 긍정적인 마음은 멋지고, 암울한 마음은 더 근사하다.

★ 일본의 근대 소설 가운데 작가가
   직접 경험한 일을 소재로 쓰여진 소설.

공감해주는 이는 분명
어딘가에 있기 마련이에요.

상처는
또 다른 상처를 낫게 한다

우울증으로 회사를 쉬던 시기였다. 대부분 집에만 틀어박혀 지내다 어느 날 문득 이야기가 나누고 싶어져서 재수생 시절 수업을 들었던 수학 선생님과 술 약속을 잡았다.

선생님은 선술집에서 난해한 수학 얘기를 늘어놓으셨다. 무슨 소린지 하나도 모르겠어서 고개만 끄덕였다. 그러다가 지금 우울증으로 휴직 중이고 일을 할 수 없어서 괴롭다고 털어놓았다. 그런데 선생님이 갑자기 우시는 게 아닌가. 아버지에게 사랑받지 못했던 불우한 어린 시절, 아내가 도망간 이야기, 딸과의 삐그덕거리는 근황…. 훌쩍이며 속마음을 들려주셨다. 아, 이분의 본질은 이거구나. 한결 친근하게 느껴졌다. 선술집을 나와 노래방에 갔다가 공원에서 캔맥주를 땄다. 산뜻한 여름 바람을 맞으면서, 새 친구가 생겼구나 싶었다.

누구나 이런저런 상처를 안고 산다. 제아무리 대단해 보이는 사람일지라도. 겉으로는 잘 보이지도 않을뿐더러, 수치심과 자존심 때문에 자꾸만 감추게 되는 게 상처다. 하지만 이런 나의 상처가, 위태롭게 흔들리는 누군가에게 든든한 버팀목이 되어줄 때도 있다. 서로의 상처를 보듬으며 마음을 나눈다. 차마 드러내지 못하는 마음에 진실이 있다. 우리가 깊은 연을 맺을 수 있는 건 저마다 상처가 있기 때문인지도 모른다.

환자 모임, 환자 가족 모임에서 나타나는 것과
비슷한 치유 효과가 있었던 것 같군요.

쫄보가
살아남는다

HSP라 불리는 사람들이 그렇듯, 나 역시 큰 소리에 민감한 편이다. 자동차 경적, 개 짖는 소리. 큰 소리가 날 때마다 화들짝 놀라 심장이 두근거린다. 늘 신경이 곤두서서 지내다 보니 깜짝깜짝 놀라는 게 일상이다. 흔히들 말하는 '쫄보'다.

쫄보라고 하면 보통 겁 많고 연약한 이미지를 떠올린다. 아닌 게 아니라 무슨 일이 생겼을 때 벌벌 떠는 사람보다 침착하게 풀어나가는 사람이 훨씬 믿음직스러운 법이다. 나라고 왜 그러고 싶지 않겠나. 겁 많은 이미지를 어떻게든 벗어버리고 싶었다. 그런데 겁 많은 성격이 소중한 개성이자 장점일 수도 있음을 깨우쳐준 이가 있었다.

2011년 3월 11일. 동일본 대지진이 일어났을 때의 일이다.

당시 난 도쿄의 한 출판사에서 근무 중이었는데, 사무실은 빌딩 11층이었다. 문득 바닥에서 '통통' 하고 무언가 끓는 듯한 진동이 느껴졌다. 진동은 점점 세졌다. '엇, 이거 심상치 않은데?' '도망쳐야 하나…?' 동료들과 눈길을 주고받으며 어쩔 줄 몰라 하기를 몇 초. 곧이어 망망대해에 내던져진 듯한 처음 겪어보는 흔들림이 찾아왔다. 책장이 쓰러지면서 책들이 모조리 눈앞에 쏟아졌다.

나중에 들은 건데, 지진 당시 빌딩 전체가 마치 물컹거리는 젤리처럼 휘청였다고 한다. 유독 겁이 많은 나는 '아, 내 인생이 이렇게 끝나는구나…' 하고 생각하면서 몇십 초가 몇십 분처럼 느껴지는 이 끔찍한 시간을 책상 밑에서 눈물로 버텼다.

사무실 책장이 모두 쓰러지긴 했지만 다행히 큰 사고는 없었다. 지진 직후 회사 차원에서 직원 안전 확인이 이루어졌다. 그런데 옆 부서 선배가 보이지 않았다. 분명 조금 전까지 있었는데, 대체 어디로 사라졌냐며 사내가 술렁였다. 선배는 30분가량이 지나서야 돌아왔다. 지진임을 깨닫자마자 무서워서 사무실 밖으로 도망쳤는데, 설상가상으로 엘리베이터가 멈춰서 1층까지 계단으로 뛰어 내려갔다고 했다. 선배는 사내에서도 눈에 띄는 장신인 데다 프로레슬러처럼 다부진 체격의 소유자였다. 그런 선배가 두려움에 떨며 누구보다 빠르게 11층 계단을 뛰어 내려가는 모습을 상상하니 어쩐지 대단하게 느껴졌다.

쫄보 센서를 믿고 도망칠 걸 그랬어

홀로 뛰쳐나갔다가 돌아온 선배는 조금 멋쩍어하는 눈치였다. 하지만 나는 쓰러진 책장을 바로 세우고 널브러진 책들을 정리하면서 누구보다 빨리 도망친 선배의 판단이 현명했다고 생각했다. 집에 돌아와서는 지진과 피해 규모를 뉴스로 접하며, 바로 도망치지 않은 자신을 반성했다.

내 안의 쫄보 센서가 울리면 곧장 안전한 곳으로 몸을 피하는 게 맞다. 당시에는 다행히 큰 피해가 없었지만, 상황이 조금만 달랐어도 안전을 장담할 수 없었다. 주변 눈치나 보고 있을 때가 아니었던 거다. 남들은 가만있는데 혼자서만 유난 떨면 꼴사나워 보이지 않을까 싶겠지만, 체면 차리다가 내 몸을 지키지 못할 수도 있다. 쫄보가 살아남는다.

　이 일을 겪은 뒤로는 카페에서 한창 차를 마시다가 조금이라도 지진을 느끼면 가방을 놔둔 채 밖으로 몸을 피한다. 옆 테이블 사람들과 '앗, 이거 위험하려나요…?' 하고 눈길을 주고받는 사이에 큰 지진이 덮치면 무슨 화를 당할지 모르니까. 망설일 시간에 재빨리 자리를 피하는 게 상책이다.

　그리 크지 않은 지진에도 혼자 호들갑스럽게 도망친 쫄보가 되어 다시 카페로 돌아오는 게 일상이 되었지만, 그래도 괜찮다. '겁'은 나를 지키는 센서이자 무기다. 부끄러울 때도 있지만 이 최선을 다해 나 자신을 지키고자 하는 스스로가 대견하다.

나만의 중심을 잡는다는 말과도 상통하네요.

세월을 받아들이고 싶은 마음과
그러고 싶지 않은 마음

요즘 하는 고민 중 하나가 '노화'다. 2, 3년 전부터 흰머리가 드문드문 나더니 볼살도 조금 처진 것 같다. 거울을 보고 있으면 '이렇게 나이 들어가는구나' 싶어 공허함이 밀려온다.

조금이라도 세월을 거스르고 싶은 마음에 염색도 했고, 얼마 전에는 처진 얼굴에 효과 좋다는 레이저 리프팅 시술도 받았다. 흔히 말하는 안티에이징이다. 극적인 변화는 잘 모르겠지만 안 하는 것보단 나은 듯해 앞으로도 꾸준히 받아볼 작정이다.

문제는 돈이다. 안티에이징에는 돈이 든다. 염색을 해도 흰머리는 다시 자라기 마련이고, 레이저 시술을 받아 일시적으로 탄력이 도는 볼살도 시간이 지나면 중력을 이기지 못하고 처진다. 시간과 중력이라는 물리법칙은 결코 거스를 수 없다. 마음을 내려놓고 세월을 흔쾌히 받아들이면 좀 더 홀가분하지 않을까? 스스로를 타일러봐도 마음처럼 쉽지가 않다.

언제까지고 나를 좋아하고 싶다. 축 처진 볼살을 보고 마음 상하느니, 잠깐의 착각일지언정 어제보다 팽팽한 피부를 보며 흐뭇해하고 싶다.

결국 행복은 자기만족. 체념하며 살기보다는 고민하고, 때로는 거스르기도 하면서 살 때의 내가 더 행복한 것 같다.

날씬해지고 싶고 아름다워지고 싶은 마음도 인간의 본능입니다.
무조건 외면하기보다는 지혜롭게 다스릴 수 있으면 좋지요.

안티에이징이란
뭘까?

젊어 보이는 게
그렇게
중요한가?

숙명….

사람은
언젠가 늙기
마련이고

빛바랠 걸
알면서도
연연하는 건
솔직히 힘들어.

노화

애초에 노화는
나쁜 걸까?

세상이 그렇게
여길 뿐이지.

나이 드는 게
나쁘기만 한 일일까?

가끔은
외모지상주의가
만연한 세상이
싫기도 해.

하지만 외모에
연연하는 내 모습도
현실인걸.

세월을 어떻게
마주할지는 계속
고민해봐야겠어.

121

나를 조금씩 변화시키는
아주 작은 성장에 관해

성장하고 싶다는 말이 늘 와닿지 않았다. 회사 면접에서 지원 동기를 밝힐 때 특히 그랬다. 마치 똑같은 가격표가 붙은 마트 진열 상품처럼 모두가 입을 모아 이렇게 말한다.

"이곳에서 성장할 수 있을 것 같아 지원하게 되었습니다."

솔직히 잘 모르겠다. 어느 순간 멈춰 서서 돌이켜봤을 때 '그러고 보니 나도 성장했구나' 하고 깨닫는 거지, 처음부터 성장 자체가 목표나 동기가 될 수 있을까?

평소 이렇게 생각했으니, 업무 성과가 시원치 않을 때 '그래도 이번 일을 겪으면서 성장했잖아'라고 위로받아도 별로 위안이 되지 않았다. 위로의 말보다는 눈에 보이는 결과가 있었으면 했다. 성장이라는 모호한 말로 얼버무리는 게 싫었다. 이런 나에게도 '그래도 이번 일을 겪으며 성장했구나' 싶은 경험이 생겼다.

남자 친구가 아이돌 팬이라는 사실을 얼마 전에 알았다. 남자 친구가 좋아하는 아이돌은 가끔 사진 촬영 이벤트를 열었는데, 남자 친구도 자연스럽게 촬영회에 몇 번 발걸음하게 되었다. 그런데 점점 나조차도 믿기지 않을 만큼 남자 친구가 아이돌을 좋아하는 게 싫었다.

남자 친구를 빼앗겼다는 비현실적인 걱정보다도, 나보다

젊고 반짝반짝 빛나는 여성을 볼 때마다 드는 열등감이 싫었다. 남자 친구가 나쁜 짓을 한 것도 아니고, 나도 좋아하는 아이돌이 있건만 나도 참 어지간히 속이 좁다.

이런 내 모습이 싫어서, 남자 친구가 아이돌 공연을 보러 갈 때면 애써 "잘 놀고 와!" 하고 밝은 표정 이모티콘을 섞어가며 메시지를 보냈다. 그러고 나면 늘 축 처졌다. 나도 참 바보 같지. 정작 속마음은 말도 못 하고, 얼마나 한심한가. 그렇게 한동안 번민했다.

아이돌 공연에 진심으로 감동한 나

마침내 한계가 찾아왔다. 감기로 컨디션이 안 좋던 차에, 속상함과 괴로움이 뒤섞이면서 마음속 빗장이 풀려버린 거다. 또 공연 보러 간다는 남자 친구 앞에서 또르르 눈물을 흘리고 말았다. 사실은 오래전부터 불편했다고 털어놓았다. 남자 친구는 당황해하면서도 솔직히 말해줘서 고맙다며 나를 다독여주었다. 그렇게 이야기를 나누다가 얼떨결에 나도 다음번 공연에 함께 가기로 했다.

그렇게 남자 친구에게 이끌려 라이브 공연장을 찾았다. 솔직히 걱정됐다. 지루하면 어떡하지? 남자 친구가 좋아하는 아이돌에 다시금 거부감을 느끼고 남자 친구에게 화풀이하면 어쩌지? 내심 불안한 마음을 안고 공연이 시작되기를 기다렸다.

마침내 공연의 막이 올랐다. 폭죽 소리와 함께 반짝이는 무대의상을 입은 아이돌이 무대에 등장했다. 온 힘을 다해 노래하고 안무를 소화하면서도 미소를 흐트러뜨리지 않는 아이돌. 얼마나 눈부시던지. 팬들을 기쁘게 하려고 최선을 다하는 모습에서 프로다운 면모가 돋보였다.

'진짜 예쁘다. 너무 멋지네.'

거짓말 하나 안 보태고 이렇게 생각했다. 지루하기는커녕 좋아져버렸다. 팬이 되기로 했다. 이런 마음이 든 나 자신에게 내심 놀라면서도, 마치 신들린 무당이라도 된 것처럼 있는 힘껏 응원봉을 흔들었다.

'음식 솜씨 좋아졌네.' '그림 실력이 늘었는데?' '이번 일은 결과가 괜찮네.' 우리는 살면서 다양한 성장을 경험한다. 그런데 마음의 벽을 마주하고 극복하는 것 역시 성장이고, 성장의 기쁨이 크다는 걸 이날 처음 알았다.

어찌 보면 그저 아이돌 공연을 보고 반해버린 에피소드일 뿐이다. 누군가에게는 성장도 뭣도 아닌 일처럼 보일지 모르지만 그때 난 분명히 껍질을 깨고 나와 작은 성장을 했다고 느꼈다. 그리고 전보다 내가 더 좋아졌다.

사람은 변화하고 성장합니다.
어떤 마음의 병도 좋아지기 마련이니,
조급해하지 말고 성장을 기다리면서 인생을 즐겨봅시다.

밖에 한 발짝도 안 나가도
행복하고 싶어

'가장 좋아하는 말이 뭐예요?' 하고 누군가가 물으면 '무위도 식'이라고 답할 정도로 누워 있는 게 좋다.

하루를 끝마치고 깊은 잠에 빠지는 것도 좋고, 점심 먹고 고 양이와 함께 꾸벅꾸벅 조는 시간도 달콤하다. 틈만 나면 눕기 일 쑤고, 어떤 날은 고양이보다 더 많이 자기도 하니 모르긴 몰라도 남들보다는 훨씬 많이 잘 거다. 이런 내 모습이 싫지는 않다.

하지만 나도 가끔은 일말의 죄책감을 느낀다. 특히 인생은 짧다라는 말을 들을 때 그렇다.

매일을 소중히 여겨야 한다는 뜻에서 한평생을 시간으로 환산해 예로 드는 경우가 종종 있다. 90세까지 산다고 쳤을 때 사람의 일생은 대략 3만 3000일이고, 시간으로 따지면 78만 8400시간이다. 요컨대 하루하루를 헛되이 보내지 말고 매일을 귀하게 여기며 살자는 뜻이다. 심심치 않게 듣는 말이기도 하고, 틀린 거 하나 없는 말이라고 생각한다. 그런데 이 생각에 너무 얽매이면 죄책감이 든다.

인생은 이렇게나 짧은데, 왜 난 오늘도 이불 속에 파묻혀 있 나 하는 자괴감 비슷한 기분 때문이다.

특히 화창한 날은 죄책감이 한층 심해진다. 맑게 갠 날 집에 만 있으면 날씨가 아깝다고들 하니, 이렇게 좋은 날엔 밖에 나가 사람들을 만나며 알찬 하루를 보내야 맞는 건가 싶어 불안해진다.

'잠'도 삶의 낙인데 죄책감을 느끼면 너무 속상하잖아

때때로 밀려드는 우울감 때문에 깨어 있고 싶어도 어쩔 수 없이 잠을 청해야 할 때가 있는데, 하필 이럴 때 인생은 짧다라는 말이 떠오르면 절망스럽다. 쉬기는 해야 하는데 마음 편히 쉬지 못하고, 자는 게 못 할 짓이라도 하는 것처럼 느껴진다. 근면 성실을 미덕으로 여기는 문화여서 이런 경향이 더욱 도드라지는 것 같다.

예전에 휴직하고 베트남 여행을 갔다가, 마치 짜기라도 한 듯 평일 대낮에 해먹과 오토바이 위에서 늘어져라 자는 현지인들을 보고 눈이 휘둥그레졌다. 놀라서 현지 가이드분께 "낮부터 왜 이렇게들 자는 거예요?" 하고 물으니 "졸리니까요~"라고 당연한 걸 왜 묻냐는 듯 웃으며 대답하기에 더욱 놀랐다. 물론 모두가 그런 건 아니겠지만, 잠과 휴식이 당연한 일과로 일상에 스며들어 있는 분위기였다. 어쩐지 마음이 놓이고 편안했다.

'알찬 하루'란 어떤 하루인가. 여러 곳에서 많은 사람을 만나며 누가 봐도 하루를 꽉꽉 채워 보낸 사람이 있다고 치자. 하지만 겉으로 보이는 모습과는 달리 '난 대체 뭘 하고 있는 건가' 싶은 공허함이 나날이 쌓인다는 경험담을 들은 적 있다. 이유가 뭘까?

어쩌면 알찬 하루란, 하루를 얼마나 바쁘게 보냈는지가 아니라 얼마나 만족스럽게 보냈는지에 달렸기 때문 아닐까? 인생이란 곧 내가 쓸 수 있는 시간이다. 시간은 물리적이고 객관적이지만, 행복하다고 느끼는 마음은 오직 나만이 알 수 있는 주관적인 영역이다. 설령 삶의 낙이 '잠'이라 해도 오늘도 마음껏 자서 행복하다고, 온종일 뒹굴뒹굴할 수 있어서 좋았다고 느꼈다면 알찬 하루였던 거다. 그렇다면 누가 뭐라 하든 오늘도 행복하고 의미 있는 하루를 보냈다며 미소 지을 수 있지 않을까?

　아무리 날이 화창해도, 밖에 한 발짝도 나가지 않고 집에서 느긋한 하루를 보낸 내가 행복했으면 한다. 무엇보다 중요한 건 내가 무엇을 원하는지 아는 것. 언제까지고 단잠에 빠지는 여유를 즐기는 사람이고 싶다.

혼자서 멍하니 보내는 시간은 기억을 정리하고
뇌의 피로를 풀어주는 효과가 있다고 해요.
아무것도 하지 않는 듯 보여도
실은 우리 몸에 아주 중요한 일이랍니다.

존재 그 자체의
소중함에 대하여

나는 고양이 세 마리와 산다. 어쩜 이리 하나같이 사랑스러운지. 밥을 먹건 잠을 자건 이보다 예쁠 수가 없다. 배변 실수를 해도, 고양이에게 머리채를 잡혀, 커튼을 죄다 뜯어도, 뭘 하든지 사랑스럽다.

어느 날, 손빨래를 하다가 문득 뒤를 돌아보니 고양이가 있었다. "어머, 있었어? 예뻐라." 무심결에 말하고는 흠칫했다.

그저 있어주는 것만으로도 예쁘다니. 존재 자체만으로 사랑스러울 수 있구나. 존재하는 건 참으로 소중한 거구나. 아이도 마찬가지다. 먹고, 첫 발걸음을 떼고, 화장실에도 가고, 무언가를 하는 족족 예쁘다.

나이를 먹고 사회생활을 하다 보면 칭찬과 멀어지기 마련이다. 할 줄 아는 게 당연하고, 할 줄 모르면 질책받는다. 원래는 그저 있어주는 것만으로도 사랑스럽고 소중한 존재였는데.

아이와 고양이를 비교하는 건 어폐가 있을지도 모른다. 하지만 얼마나 나이를 먹든 존재만으로 사랑스럽고 소중한 건 같지 않을까. 지위, 명예, 돈. 있으면 좋지만 어디까지나 덤이다.

우리는 존재 자체만으로도 소중하다. 있어서 좋고 싫음의 문제가 아니라, 있다는 사실 자체가 눈부시다. 생명을 관통하는 본질이자 대전제라고 생각한다.

저도 다 큰 어른에게 아낌없이 칭찬해줄 수 있는
사람이었으면 좋겠네요. 칭찬, 잘하자!

사람은
물론

동물도

식물도   곤충도

그저 존재
자체로 소중해.

공감은
가장 좋은 약

SNS에 매일같이 우울증과 마음의 고민에 관한 글을 올리다 보니 비슷한 고민을 가진 분들과 제법 마음을 나눌 수 있게 되었다.

일상에서는 창피해서 숨기고 아무도 귀 기울여주지 않는 고민도 SNS에서라면 공감해주는 이들이 있다. 비슷한 고민을 통해 알게 된 분들의 이야기에서 내 모습을 보기도 한다. 나 역시 다른 이들의 이야기에 공감이 간다. 혼자가 아니라는 생각에 마음이 놓인다. 공감이 공감을 부르니 얼마나 행복한 일인가 싶다.

SNS를 하면서 난생처음 맛본 감정이었다. 마음에 담아둔 고민은 남에게 쉬이 털어놓지 못할 때가 많았다. 그런데 많은 이가 비슷한 고민을 하고, 힘든 마음을 남에게 털어놓지 못한 채 끌어안고 지낸다는 사실을 알고 나니 위로가 되면서 천군만마를 얻은 듯 든든했다. 공감은 무엇보다 좋은 약이라는 생각이 들었다.

전에는 문제를 해결하려면 현실적이고 구체적인 해결책이 필요하다고 생각했다. 지금은 다르다. 공감해주기만 해도 숨통이 트인다. 그런 의미에서 공감 능력이 뛰어난 HSP는 스스로 깨닫지 못하는 사이에 분명 누군가에게 힘이 되어주었을 거다.

민감한 성격일수록 삶을 버거워하는 이가 많은 것 같다. 그래도 민감한 기질과 성격에 자부심을 가져도 괜찮지 않을까 하고 멋대로 생각해본다.

> 살면서 겪는 문제는 복잡하게 얽혀 있어서 풀기가 만만치 않고,
> 받아들이거나 체념하는 것 외엔 뾰족한 해결책이 없을 때도 있어요.
> 체념했다고 자신을 한심하게 여기지 말고,
> 어쩔 수 없었다고 받아들일 수 있으면 좋겠군요.

마음을 보물로 가득 채우고 싶어

외롭고, 답답하고,
내 인생 이대로
괜찮은가….

뭉게
뭉게

얼마 전,
집에만
틀어박혀
지내는
생활이
문득
울적해서

○○역 →

전철을
타고
여행에
나섰다.

차창 밖
바다를
바라보고
있자니

낯선
전철도
재밌네….

옆에 앉은
아이들의
대화 소리가
들렸다.

나, 저기
바다에서
예쁜 조개껍데기
많은 데 알아.

비밀인데
나중에
알려줄게.

좋다아….

하고 생각했다.

이 조그만 아이들은 이미 자기 보물이 어디에 있는지 안다.

내가 사는 세상은 좁다.

아마 성냥갑 정도.

그래도 성냥갑 안에 나만의 보물을 가득 채워 넣으면 돼.

산다는 건 그런 거 아닐까.

끝마치며

옛날부터 왜 이렇게 삶이 버거울까 하고 한숨이 나올 때가 많았다.

작은 실수에도 주눅이 들고 사람들과 오래 대화를 나누고 나면 마음이 너덜너덜해진다. 그때 조금 더 이렇게 말했으면 좋지 않았을까? 그 사람이 오해하지 않았을까? 집에서 혼자 참회의 시간을 갖다가 진이 빠지면 하루가 끝난다.

다들 이런 걸까? 다들 살아간다는 사실만으로도 지치고 힘들까? 궁금했다.

그러다가 마침내 지인에게 고민을 털어놓았다.

"보통은 그렇게까지 생각 안 하지. 넌 HSP인 것 같아."

그제야 그간의 일들에 고개가 끄덕여졌다. 남을 지나치게 신경 쓰고, 작은 소리에도 깜짝깜짝 놀라고, 생각에 너무 깊이 잠기는 게 심장이나 폐에 문제가 있어서는 아닌지, 혹여 뇌에 문제가 있는 건 아닌지 내심 걱정했다. 그런데 타고난 성격이었다니….

언어의 힘은 대단하다. 어떻게 표현하면 좋을지 몰라 쩔쩔매던 것도 새로운 단어를 만나니 단숨에 또렷한 형태가 되어 제 모습을 드러내니 말이다. 헬렌 켈러가 난생처음 물을 만지고 "워터…!"라고 했다던데, 난 'HSP…!' 하고 외치고 싶었다.

나처럼 민감한 성격을 타고나 삶을 버거워하는 이들이 적지 않을 거라 생각하면 괜스레 서글퍼진다.

삶이 왜 이리 버거울까.

지난날을 돌이켜보면 민감한 성격 탓에 근심이 끊이지 않았다. 나조차도 놀랄 만큼 생생히 기억나는 그때의 장면들. 괴롭고 슬펐던 감정이 크면 클수록 사진첩을 펼친 듯 생생하게 떠오른다. 나중에 들은 이야기지만 마음이 크게 동요한 경험일수록 기억에 또렷이 남는다고 한다.

살다 보면 많은 일을 잊는다.

좋은 일이든 나쁜 일이든, 슬픈 일이든. 그래서 다행일 때도 있지만, 어떤 기억이건 하나하나의 경험은 나만이 쌓을 수 있는 소중한 재산 아닐까.

흔히 HSP라고 부르는 민감한 이들은 기억이라는 사진첩이 남들보다 조금 다채롭지 않을까 싶다.

나오냥

HSP의 밑바탕에는
마음의 병이 숨어 있을지도 모릅니다

와세다멘탈클리닉 원장
마스다 유스케

HSP(Highly Sensitive Person)라는 말을 의학용어로 착각하기도 하지만 사실 그렇지는 않습니다. HSP라는 말에는 비과학적인 측면도 있거든요.

HSP의 바탕이 되는 용어는 '감각 처리 민감성'이라는 심리 개념입니다. 감각이 민감한 정도는 저마다 다른데, 남들에 비해 민감한 분들은 그렇지 않은 분들보다 삶을 힘겨워하는 경우가 많습니다. 타고난 민감성은 자라나는 과정에서 다양한 특성을 띠게 되는데, 장점이 될 수도 있지만 결점으로 나타나기도 하지요. 하지만 민감도는 개인이 놓인 환경과 성격에 따라 다르게 발현되기 때문에 HSP라는 개념으로 한데 묶는 건 적절치 않습니다.

HSP라는 말이 알려지면서 좋은 측면도 있지만 그렇지 못한 측면도 있습니다. 긍정적인 측면은 마음 건강에 관한 관심이 높아져서 삶을 버거워하는 이들에게 일종의 해답을 제시했다는 점입니다. 나오냥

님도 HSP라는 말에 위안을 얻은 분이지요.

부정적인 측면은 마음 건강에 관한 오해 역시 널리 퍼졌다는 점입니다. HSP라는 개념이 상업적으로 활용되면서 많은 사람이 비전문가의 상담과 인생 조언에 적잖은 돈을 들입니다. 전문성이 결여된 상담에 의지하다가 정작 의료적인 손길이 필요한 분들이 적절한 치료를 받을 타이밍을 놓치기도 합니다. 예를 들어 과도한 대인불안은 사회불안장애와 회피성 성격장애의 징후여서 약물치료와 인지행동 요법이 효과적입니다. 극심한 불안을 느낀다면 우울증 또는 양극성장애, 조현병일 가능성도 있습니다. 이와 같은 질환은 약을 복용하면 호전됩니다.

약물복용을 기피하는 분들도 계시지만, 부작용이 생기지 않게끔 적절한 양을 복용하면 대부분의 고민거리가 나아집니다. 또한, 감각이 지나치게 민감한 증상은 신경발달장애(발달장애)의 특징인데, 적절한 치료를 통해 증상이 호전될 수 있습니다.

병원을 찾으면 어떤 질환이든 다양한 의료 지원을 받을 수 있습니다. '내가 HSP라서 힘든 걸까?' 하는 생각이 들거나, 아무리 애써도 사는 게 버겁게 느껴진다면 정신건강의학과 전문의에게 상담을 받아보는 것도 고려해보셨으면 좋겠습니다.

예민한 나에게 필요한 반경 5m의 행복

오늘도 밖에는 한 발짝도 나가지 않았지만

초판 1쇄 인쇄 2024년 5월 28일
초판 1쇄 발행 2024년 6월 4일

지은이 나오냥
옮긴이 백운숙

대표 장선희 **총괄** 이영철
책임편집 현미나 **기획편집** 한이슬, 정시아, 오향림
책임디자인 최아영 **디자인** 양혜민
마케팅 최의범, 김경률, 유효주, 박예은
경영관리 전선애

펴낸곳 서사원 **출판등록** 제2023-000199호
주소 서울시 마포구 성암로 330 DMC첨단산업센터 713호
전화 02-898-8778 **팩스** 02-6008-1673
이메일 cr@seosawon.com
네이버 포스트 post.naver.com/seosawon
페이스북 www.facebook.com/seosawon
인스타그램 www.instagram.com/seosawon

ⓒ 나오냥, 2024

ISBN 979-11-6822-296-0 03830

서사원은 독자 여러분의 책에 관한 아이디어와 원고 투고를 설레는 마음으로 기다리고 있습니다.
책으로 엮기를 원하는 아이디어가 있는 분은 이메일 cr@seosawon.com으로 간단한 개요와 취지,
연락처 등을 보내주세요. 고민을 멈추고 실행해보세요. 꿈이 이루어집니다.